못 말리는 유전자

못 말리는 유전자

못 말리는 유전자

한금희 수필집

도서
출판 북인

왜 다시 책을 내고 싶었는지

지난 번 수필집을 낸 지 벌써 7년이 되었다.

다시는 수필집을 내지 않겠다고 생각했다. 책을 안 읽는 시대이긴 하지만 학교에 재직할 때 교과서로 쓴 책만큼도 안 팔렸다는 것이, 독자가 없다는 뜻으로 이해되었다. 상당한 기간 앙금으로 남았다.

그리고 몇 달 전에 발작성 심방세동 카테터 절제 시술하고 난 뒤 제일 먼저 정리해야 할 것이 지금까지 쓴 글이었다. 어차피 컴퓨터에서 쓴 글들이어서 클릭 한 번으로 날려버릴 수도 있지만, 나름 공들인 시간이 아까워서, 미련을 버리지 못하고 마음을 바꿨다.

이것도 다 살아 있을 동안 할 수 있는 일이야.

일차적으로 2009년 문화센터에 나가기 시작할 때부터 2015년까지 쓴 글들을 정리해보았다. 『너의 아방은 뱃놈 아니가』

이후 가장 많이 들은 소감이 "재미있다"는 것이었다. 나의 반응은 재미있으라고 쓴 글은 아닌데?였다.

지난 한국산문이사회에서 최근 국립 한국문학관장이 되신 임헌영 선생님이 했던 말씀도 용기를 주었다.
"지금은 작가가 독자를 찾아가는 시대입니다." 기발한 역발상, 제안이라고 생각했다. 어디서 독자를 찾지? 자손들이라도 보겠지.

독자 찾기에 붙들린 독자들에게 진심으로 감사를 드립니다.

2026년 입춘 무렵

한금희

차례

맥도날드를 좋아해

1973년 8월 4일 난생 처음 대한항공을 타고 결혼한 지 두 달 밖에 안 된 유학생 남편을 따라 미국에 갔다. 그때는 하와이에서 입국 수속을 했고 창밖으로 펼쳐지는 드넓은 잔디밭을 바라보며 그토록 유명한 관광지인데 바라만 보고 떠나야 하네 하는 아쉬움을 느낄 여유도 없이 다시 올라탄 비행기는 엘에이공항에 도착했다.

국내선으로 갈아타야 한다는데 공항이 얼마나 넓으면 버스까지 타야 하나 싶었는데 그것도 옛날 얘기, 작년에 가보니 그리 큰 공항도 아니었다. 늦은 밤에 샌프란시스코에 도착하니 남편 친구가 마중을 나와 있었다. 배 많이 고플 텐데. 하면서 유니버시티 아베뉴에 유일하게 밤새 여는 음식점에 우리를 데려갔다. 햄버거는 다 떨어졌다고 해서 핫도그를 시켜주었다. 난생 처음 먹어보는 빵에다 기다란 소시지를 껴 넣어 만든 핫

도그가 너무 맛이 있어서 미국에 정말 잘 왔구나 싶었다.

유학생 부인 노릇은 쉽지 않았다. 눈만 뜨면 학교나 도서관으로 달려가는 남편 밥해주는 일 말고 별 할 일이 없던 나의 소일거리란 종일 텔레비전 보거나 뜨개질이나 하고 책을 읽거나 고향에 계신 부모님과 친구들에게 편지 쓰는 일뿐이었다. 그때는 운전도 못했으므로 주말이 시작되는 금요일 저녁에 남편과 함께 나가서 장을 보고 한국식당에 가서 저녁을 먹거나 아니면 맥도날드에 가서 햄버거를 먹는 것이 일주일 동안의 유일한 외식이었다.

지금은 패스트푸드의 대명사가 된 맥도날드지만 그때에는 많은 미국의 중산층들이 외식하는 수준 있는 식당이었다. 더구나 어린이 메뉴에 딸려 나오는 장난감은 매주 달라서 그걸 수집하는 사람들은 매주 한 번 이상 들르는 곳이기도 했다. 지금은 두 살짜리 딸 아이의 아버지가 된 큰아들도 세 살부터 다섯 살 때까지 맥도날드가 내놓는 소형 자동차 장난감 수집가였다.

셀프서비스를 하는 식당이라 15%나 되는 팁을 주지 않아도 되고 음식이 빨리 제공되므로 시간이 절약될 뿐만 아니라 무엇보다도 그 시절 서울의 공공 화장실에 비해 깨끗했던 화장실과 저렴한 커피를 마실 수 있어서 좋았다. 특히 여행 다닐 때는 어느 동네를 가든 쉽게 찾을 수 있는 위치에 있어서 이용하기가 편리했다.

1980년대 초반 우리가 여의도에 살 때 서울에도 처음으로 강남 압구정동, 이태원과 종로에 맥도날드가 들어왔다. 주말에 아이들을 데리고 몇 번 다녔지만 얼마 안 가서 너무 붐비는 식당이 되어버렸다. 주말 시간을 그렇게 복닥거리는 곳에서 식사하고 싶지 않아서 집에서 햄버거를 만들었다. 그리고 1987년 목동으로 이사 오면서는 종로까지 나가기가 너무 번거로워서 아예 발을 끊었다.

그러더니 어느 날 맥도날드와 경쟁하는 버거킹이 목동 5단지 앞에 문을 열었고 깨끗하게 운영했지만 주차장 문제 때문인지 손님이 많지 않았다. 맥도날드가 시내 여기저기 분점을 내면서 퍼지더니 드디어 목동 1단지 앞에 이층짜리 건물까지 짓고 드라이브스루까지 만들어 들어왔다. 몇 년을 버티던 버거킹이 문을 닫았으니 요즈음 맥도날드가 문전성시를 이룬다. 더구나 24시간 영업이라니 거기서 밤새우는 맥족이 생겨나는 것은 아닌지 모르겠다.

미국의 중산층은 대부분 5~7달러짜리 점심을 먹는다는데 가장 많이 팔리는 곳이 멕시칸 식당 타코벨이다. 미국 간 지 10년이 넘는 큰아들은 학생 때 지겹게 먹었다고 맥도날드도, 타코벨도 싫어해서 미국에서는 아예 못 가고 오히려 목동에 있는 맥도날드에 가는 편이다.

우리 집에서 걸어서 5분 거리여서 얼마 전에는 책이나 좀 읽을까 하고 갔더니 학부모들 회의하는지 여기저기 젊은 엄마들이 무리로 모여앉아 토론하느라 소란스럽기가 그지없었다. 지난 주말에는 회사 다니는 둘째가 햄버거를 먹고 싶대서 갔다. 점심시간이라 그런지 줄이 너무 길어서 기다리다간 아사할 지경이었다. 우리는 하는 수 없이 건너편 건물에 있는 감자탕집으로 갔다.

집에서 걸어서 5분 거리에 있는 식당이 한두 군데가 아님에도 불구하고, 그리고 패스트푸드를 먹지 말라고 매번 잔소리하는 남편의 충고를 무시하고 맥도날드에 종종 가게 되는 이유는 뭘까? 36년씩이나 다녔으니 단골이 되었나? 오랜 세월 미국에서 그리고 서울에서 다니다보니 정이 들었나? 아니면 가난했던 유학생 시절 유일하게 외식했던 식당이어서?

"초원의 빛이여, 꽃의 영광이여,

세월을 그 무엇으로도 되돌릴 수 없다고 한들.

우리는 슬퍼하지 않으리."

"영원히 사라져 지금은 내 시야에 없는."

윌리엄 워즈워스의 시처럼 젊은 날의 그 무엇을 아직도 그리워하고 있는 것일까?

어찌 됐든 나는 맥도날드를 좋아해.

철이엄마

나는 직장을 다니면서 아이들을 키우는데 다른 사람들처럼 친정이나 시댁의 도움을 한 없이 받을 수 있게 운 좋은 편이 아니었다. 친정어머님은 6남매, 시어머님은 5남매를 키우시느라 내가 둘째를 낳았을 무렵에는 두 분 다 이미 건강도 안 좋으셨고 출가 안 한 자식들을 데리고 사느라 노상 바쁘셨다. 파출부들한테 전적으로 의존하지 않을 수 없는 상황이었다.

파출부들도 이 집 저 집 일 다니면서 이런 주인 저런 주인, 별의별 가정을 다 경험하겠지만 나도 25년간 만났던 아줌마들 수가 족히 스물은 넘을 것이다. 아주 짧게는 세 시간, 아주 길게는 칠팔 년을 함께 지낸 분까지.

어떤 아줌마는 전화도 안 해주고 미리 얘기도 안 하고 안 오셔서 출근해야 하는 나의 애간장을 다 태우질 않나, 어떤 아줌마는 청소는 안 하고 아기 안고 나가서 길가 과일가게에 모여

노는 할머니들한테 내 흉만 잔뜩 보질 않나, 어떤 아줌마는 보너스가 적다고 그만두어서 그다음에 오신 아줌마한테는 넉넉히 드렸더니 이번에는 보너스 너무 많이 준다고 덜어 놓고 가질 않나, 어떤 아줌마는 오십이 넘은 나이도 잊은 듯 치렁치렁하게 긴 파마머리와 10대 같은 옷차림에 목걸이 귀걸이 주렁주렁 달고 나타나 온 식구들을 경악하게 하질 않나, 일 끝내주게 철저히 하셨던 일본 할머니부터 철이엄마까지.

철이엄마는 오는 날부터 달랐다. 점심으로 오징어볶음을 해서 먹다 남은 거 팬에다 다시 척 쏟더니 가열해서 밥을 싹싹 비벼먹는데 다른 아줌마 같았으면 건더기도 별로 남지 않은 걸 분명히 버릴 것 같은데 너무나 신기해서 보고만 있었다. 나보다 나이가 서넛은 위이니 뭐라고 할 수도 없고. 그런데 그 일처리 솜씨가 어쩐지 이 분은 우리 식구처럼 되겠다 하는 느낌이 들게 했다.

며칠 후 아줌마 퇴근하신 뒤 저녁에 식구들이 거실에서 한바탕씩 미끄러져서 도대체 왜 그런지 전화했더니 당시 유행하던 거실에 깐 모노륨이 때가 껴서, 비누칠해놓고 가셨단다. 집에 들어오면 당당하게 월남치마로 갈아입고서는 라디오를 켜놓고 일을 하는데 일 잘하는 아줌마들이야 한둘이 아니니 새삼스러울 게 없지만 이 분의 근검, 절약 정신은 감히 그 누구도 따라가기 어려울 정도였다.

집에서 우리 아파트까지 족히 사십 분은 걸리는 거리를 매일 걸어다니는 것은 물론이고 그때에는 아파트 단지 내에 이사 오거나 가는 사람들이 많아서 멀쩡한 가구나 물건들을 버리는 집이 많았는데 그걸 찾아다니느라 퇴근길에는 더 바빴다. 그걸 다 가지고 가서 도대체 무얼 하냐고 했더니 자기도 쓰고 이웃에게도 준다는 것이다. 아무튼 그 치열한 절약정신으로 통장에는 당시 나로서는 상상도 못할 거액을 넣고 계시는 등 매일매일 우리 식구들한테 화제거리를 만들어주었다.

봄이 되면 초등학교 앞에서 병아리를 판다. 아이들 자랄 때 그거 몇 마리씩 안 키워본 집은 없으리라. 어느 해인가는 학교 앞에서 둘째가 병아리를 여러 마리 사왔는데 다 죽고 유독 한 마리만 살아남아 예쁜 털이 다 빠지고 닭이 되려고 할 즈음 아무래도 아파트 베란다보다는 주택 마당에서 크는 것이 나을 것 같아 가져다 키우라고 했다. 며칠 뒤 뭘 먹이느냐고 했더니 퇴근해서 집으로 가다가 동네 개밥 그릇에 개가 먹다 남은 밥을 거두어 가서 먹인단다. 개밥 그릇에 남은 개밥까지 아까워서 재활용하나 하며 웃어넘겼다. 병아리에 대해 완전히 다 잊어버릴 때쯤 그 닭을 잡았는데 토종닭보다 더 맛있다며 맛보라고 반을 가져왔는데 세상에 기가 막혔다. 살다보니 개밥 그릇에 남은 밥 먹고 자란 닭도 다 먹어보게 되었어!

그런 식의 기상천외한 일이 하도 많아서 둘째는 당시 인기 있던 텔레비전 프로그램 〈이것이 인생이다〉인지 〈인간 승리〉인지 그런 리얼리티 쇼에 아줌마가 꼭 나가야 한다며 신청하자고 조르는 것이었다. 그래, 아줌마만 혼자 나갈 수 있으면 신청하겠지만 우리 식구도 다 출연해야 하는데 그럴 수 있겠냐고 엄마 아빠는 도저히 못하겠다고 하면서 겨우 달랬다.

그러는 사이 아줌마도 아들이 장가가서 손녀를 낳으니 일하는 며느리를 위해 손녀 봐주셔야 한다고 우리 집 일을 그만두게 되었다. 그래도 자기가 아들 집 장만해줬다고 집들이할 때 나를 초대해줘서 새로 입주한 아파트에 갔던 일이 벌써 10년이 되었다.

결석은 물론 지각 한번 안 하셨던 철이엄마는 우리 집 일을 7년 이상 가장 오래 봐주신 것으로도 기록을 세웠다. 철이엄마뿐만 아니라 우리 집 일을 돌봐준 모든 아줌마한테 부모님 다음으로 빚진 것 같은 심정이다. 이 분들의 도움이 없었으면 아이들이 이렇게 건강하게 잘 자랄 수 없었을 것이며 나도 25년 근속이라는 실적을 올리기 힘들었을 것이다.

시어머님 잔소리

벌써 이십 년도 더 된 일이다.

시부모님께서 50대에 지으신 집, 그래서 대대손손 자손들이 살도록 하겠다던 집은 앞 정원도 넓었고 뒤뜰도 집을 한 채 더 지어도 될 만큼 넉넉했다. 그때 정년퇴직하셨던 아버님과 평생 소원이던 큰 정원을 갖게 된 어머님은 무슨 나무를 어디에 심을 것인지로 어지간히 갈등하셨나보다.

어머님은 당신 맘에 안 드는 곳에 아버님이 심은 나무를 죽이기 위해 몰래 끓는 물을 부으셨는데 그래도 나무들이 안 죽으니까 양잿물을 타서 매일 나무 주위에 뿌렸다고 한다. 시동생은 물론 어머님의 고집이 얼마나 지독한지를 농담삼아 한 애기였지만 듣는 나로서는 마음이 착잡했다.

물론 우리 부모님세대의 가부장제가 다 그런 일면을 가지고 있는 게 보편적이긴 했지만 얼마나 자유를 억압받은 결혼생활이었으면 나무 심는 것, 그 별것 아닌 일 가지고 그렇게 반항하셨나, 나 같으면 아무리 나무 심은 위치가 또는 수종이 맘에 안 들었다 해도 죽이기까지는 못했을 거라는 생각, 도대체 어떻게 멀쩡한 나무를 죽일 수 있을까? 정말로 이해하기 힘든 어머님의 마음이었다.

얼마 후 우리가 26평에서 40평 아파트로 이사하게 되었을 때 어머님은 그때 한창 값이 나가고 귀했던 관음죽과 군자란, 그리고 아직도 이름을 잘 모르고 키우고 있는 파초같이 갈기갈기 멀리 뻗치는 잎을 가진 화분 셋을 선물하셨다. 나도 시골 출신에다 과수원집 손녀답게 꽃 키우는 것을 좋아해 바이올렛처럼 꽃을 잘 피우는 식물을 키우고 있긴 했지만 그렇게 큰 화분들은 처음이었다.

그 뒤부터 어머님은 우리 아파트에 오면 예외 없이 식물은 이렇게 키우면 안 된다고 하시면서 물을 적절히 안 주고 있다는 것에서부터 이파리를 제대로 따주지 않고 있다, 또는 잎을 닦아주지 않았다는 등 잔소리가 대단하셨다. 처음에는 기분이 상했고 물려받는 재산이라는 것이 이렇게 잔소리를 동반하는 것이구나 하는 깨달음도 있었지만 오실 때마다 매번 하는 잔소리여서 나중에는 기분이 나쁘기는커녕 오히려 속으로 어머니, 제가 식물 키우는 것 말고 다른 것은 다 잘하고 있다는 뜻이지요? 하는 아전인수식 해석까지 해가며 웃을 수 있었다.

더구나 꽃 키우는 것 빼고 다른 것에 대해서는 일절 잔소리 하지 않으셨고 설령 내가 무슨 실수를 하더라도 밤낮 학교 쫓아다니느라 그렇지 뭐, 하는 식으로 감싸주었기 때문에 나는 내가 살림을 좀 할 줄 아는 사람으로 착각하고 살아왔을 정도였다.

10년 전 명절날 그해에는 구정이 늦어서인지 베란다에 때 이르게 진홍색 철쭉이 대단히 회사하게 피어 집에 온 친척들을 반겼는데 어머님은 왜 그런지 나더러 꽃을 잘 키운다고 칭찬을 하시는 것이었다. 나는 내 귀를 의심할 정도였다. 와아, 드디어 나도 이젠 십 년 이상 듣던 잔소리에서 해방되는구나! 만세라도 부르고 싶은 심정이었다.

그런데 부엌으로 가니 음식 준비를 도와주던 막내 동서가 "형님! 어머님 생활비 올려 드렸어요?" 하는 것이었다. 나는 오늘까지도 막내동서의 그 말, 단호한 어투까지 잊지 못한다. 까마득한 대학 후배이기도 하고 내가 중매한 막내동서가 똑똑한 줄은 익히 아는 바지만 그날처럼 똑소리 나는 걸 현장에서 보고 듣기는 처음이었다.

그것은 사실이었다.

그 전 해에 친정어머님이 돌아가셔서 친정에는 안 드려도 되므로 여유가 조금 더 생겼고 누구든 살아계실 때 잘해야겠다는 생각이 절실한 때여서 생활비를 올려드렸다.

아무튼 그날 이후로 어머님의 꽃에 대한 잔소리는 더 이상 듣지 못했지만 그것이 동서의 추측대로 생활비를 올려드렸기 때문에 그리되었는지 아니면 어머님 잔소리 덕분에 내가 분발해서 진짜 꽃을 키우는 실력이 생겼는지 알 길이 없지만 학교 다닐 때도 연구실 화분을 잘 키운다고 내 방에 온 어떤 교수는 "전공이 컴공(컴퓨터 공학) 맞아요?" 했다.

금년 봄에도 그때 선물 주신 그 화분들을 분갈이하면서 만감이 교차하는 것이었다. 잔소리 듣던 그 오랜 세월을 죽지 않고 잘 버티어줘서 칭찬받게 해주었는데 누가 제대로 돌봐주기만 한다면 이 친구들은 어머님보다도, 나보다도 더 오래 살겠네.

문화센터 가는 길

문화센터 수필창작 강좌에 드디어 등록하였다.

그것도 한 주 늦게.

겨울학기가 12월 1일 개강인 줄도 모르고 있다가 전화를 거니 이미 개강했다고 한다. 사반세기를 교직에 있었던 사람 아니랄까봐 첫 시간 놓친 것이 너무도 아까워서 봄학기까지 기다릴까도 생각해보았다.

그러면 앞으로 3월이 될 때까지 석달 동안 월요일 아침마다 가슴이 휑함을 견디어야 해? 안 되지.

직장에 다니는 사람들은 누구나 시시때때로 이런저런 형태의 월요병을 겪지만 막상 퇴직하여 집에 있다고 해서 만사 오케이는 아니다. 월요일 아침마다 다들 나가는데 나만 갈 데가 없는 것처럼 썰렁한 또 다른 월요병이 도지는 것 같았다. 첫 시간을 놓쳤으니 다른 강좌라도 한 시간 들을 수 있게 해달라고 직원한테 떼를 써보았지만 안 된다니 어쩔 건데? 지나간 시간은 지나가버린 것을.

드디어 겨울학기 두 번째 월요일이 되었다.

월요일에 열리는 클래스로 수필창작반이 있었다.

11시 반에 시작되니 바쁠 것이 없지만 직장 다니던 때처럼 아침부터 부산을 떨고 문화센터로 출근했다.

젊은 엄마가 서너 살쯤 되어 보이는 아이를 데리고 갓 돌이 되었을까 말까 한 더 어린 아기를 태운 유모차를 밀며 백화점 문 안으로 씩씩하게 들어선다. 지금의 나한테는 저렇게 어린아이를 둘셋씩 데리고 다니는 젊은 엄마들이 이 세상 제일의 천하장사처럼 보인다. 젊은 엄마와 두 아이를 한없이 부러운 눈으로 살피며 행여 나랑 눈이라도 마주치면 서로 무안할까봐 안 보는 척 계속 따라가는데 그들도 문화센터로 향한다.

나도 세 아이를 키웠으니 저걸 세 번씩이나 했는데.

세상의 그 무엇과도, 세상 전부와도 바꿀 수 없다고 생각할 만큼 그렇게 소중했던 아이들이었는데.

지금은 다 어디로 간 거지?

어처구니없게 그렇게 시간이 지나가버린 거야. 그리고 어느새 아이들은 다 커서 나를 별반 필요로 하지 않는 나이들이 되어버렸고.

목이 마르다.

왜 갑자기 이렇게 목이 마르지?

목이 타는 건 애가 타는 것인지도 모른다. 문화센터 사무실에 들어서자마자 보통 때는 쏟아질까봐 조심해야 하는 것이 싫어서 안 먹는, 종이봉투로 먹는 물을 여러 번 털어 넣고 강의실을 찾았다.

수필창작 강좌에서 선생님은 거의 매시간 수필은 아주 구체적으로 써야 한다고 강조하신다.

아이고, 이걸 어쩌나.

사람들과 수다를 떨 때도 상대방이 너무 세부적으로, 디테일을 또는 장황하게 설명을 늘어놓으면 속으로 그래, 소설을 써라 소설을 써 하면서 그게 너무 지루해서 저도 모르게 다른 생각을 하는 나인데. 내게 맞는 강좌에 들어오긴 들어온 거야?

어떻게 쓰는 것이 구체적으로 쓰는 거지?

사실 한창 젊었을 때 나는 퇴직하면 봉사활동을 하겠다고 생각했다. '밥 퍼라, 밥 퍼' 하는 그런 종류의 자원봉사 말이다. 그런데 그게 맘대로 되지 않았다. 어떤 선배는 젊음이 그냥 가냐? 힘 다 빼놓고 가지 하더니 조기 퇴직의 이유로 사실 건강 문제도 있었다. 아무튼 지금 당장은 힘을 쓰는 봉사활동이 가능치 않은 것이 현실이다.

수필이라곤 평생 학생들이 대학신문에 또는 교지에 게재하겠다고 졸라서 하는 수 없이 또는 이런저런 이유로 거절할 수 없어서 몇 번 써본 것이 전부다. 사반세기 학생으로 살았고 또 사반세기 교수로 살았지만 스스로 평가하기에 나는 가르치는 일보다는 오히려 배우는 일에 더 능한 사람이 아니었나 싶다.

그러니 수필 쓰는 법을 배우면 틀림없이 수필을 좀 쓸 줄 아는 사람이 될 수 있으리라는 꿈에 부풀어 월요일 아침마다 문화센터로 간다.

내가 가난하다고 생각하는 이유

『이코노미스트The Economist』지 정기 구독자인 남편은 과학에 관한 기사만 나오면 읽어보라고 한다. 작년 12월에는 다윈의 『종의 기원』 출판 150주년이 되는 특집기사 「Why we are, as we are」가 나왔다.

첫 문장은 이렇게 시작되었다.

"지난 세기 미국의 풍자가인 멘켄에 따르면 '부란 동서의 연봉보다 100달러 더 들어오는 수입이다'라고 했는데 1949년 이후 인플레이션을 생각하면 그리 나쁜 정의는 아니다." 너무나 재미있는 부의 정의라고 생각하고 혼자 웃었다. 남편이 하나뿐인 동서보다 연봉이 많아서였을까?

8년 간의 미국 생활을 마치고 1981년 봄 귀국했을 때 작은이모는 대단한 비밀을 알려주는 것처럼 귓속말로 병원이모(이모부가 의사여서 둘째이모를 그렇게 불렀다) 재산이 현금으로만

백억이 넘었다고 했다. 자매끼리도 재산 문제는 잘 모를 수 있는데 작은이모부는 당시 은행 지점장이었고 병원이모는 주로 이모부 은행을 이용하였기 때문에 아주 정확한 정보였을 것이다.

그때는 지금처럼 돈이 흔하지 않았던 시절이어서 어마어마하게 많은 돈이라는 생각도 들었지만 야, 이거 큰일났구나, 우리 여섯 형제 중에 도대체 누가 병원이모보다 더 많은 돈을 벌어서 부자라는 느낌으로 살아갈 수 있을까 생각하니 참말로 암담했다. 평생 아무도 부자가 될 수 없구나, 하는 그런 의미에서는 절대로 반가운 뉴스가 될 수 없었다.

그뿐만이 아니다.

내가 고등학교 1학년이던 1964년 친할머니는 그때까지도 스스로 집 장만 못하고 세를 살던 우리 부모가 너무나 한심했던지 당신이 평생 양파 재배로 생계를 유지해오던 조상한테 받은 땅 5천 평을 팔기로 결심했다. 당시 제주, 조천면 조천리에서는 그 땅을 살 사람이 없어서 재일교포를 물색하여 억지로 팔았다. 그러니 제값을 받기나 했을까? 정확한 금액은 알 수 없었지만 그 돈으로 겨우 건평 20평짜리 집을 짓는 건축비를 충당할 수 있었다.

제주도 땅값이 천정부지로 오르던 몇 년 전 고향에 다녀온 둘째동생이 우리 어릴 때 살던 집을 짓기 위해 팔았던 그 땅이 지금은 평당 100만 원, 50억이라는 소식을 전해주었다. 참으로 허무하고 황당하고 맹랑했다. 우리 형제 여섯은 모두 서울에서 대학을 나왔고 다들 열심히 일했지만 지금까지 50억 부자는 아니기 때문에 도무지 우리는 그 사이에 뭐했나 하는 자괴감이 들지 않을 수 없었다.

막내아들을 미국의 사립대학에 보내고 고급 차는 아니지만 외제 차를 타고 다니니 나도 부자 아냐? 착각은 자유라고 했지?

서울 장안에 빌딩 수가 몇인데 그거 하나 가지고 있지 못한 주제에 부자는 무슨 부자?

사랑하는 조국에 땅 한 평 가지지 못한 주제에 부자는 무슨 부자?

장가가는 아들 집 마련도 못해주는 주제에 부자는 무슨 부자?

조카 유학비용도 팍팍 대주지 못하는 주제에 부자는 무슨 부자?

사업하다 부도난 동생도 못 도와주는 주제에 부자는 무슨 부자?

….

무엇보다도 퍼주고 싶을 때 맘껏 퍼주지도 못하는 주제에 부자는 무슨 부자?

그렇게 거창하게 나오지 않더라도 이유는 또 있다. 남편은 각각 여덟 살 터울인 세 아들한테 애원하다시피 말한다. 우리 둘 다 박사 했는데, 아들이 셋씩이나 되는데 그중 하나는 해야 하지 않겠냐고. 큰애는 대학원 지도교수한테 인정도 받았으므로 공부도 다 때가 있으니 젊어서 하는 거라고 강권하는 아버지에게 말했다.

"회사에 가서 3년만 해보고요, 3년만 해보고 재미없으면 박사과정에 들어갈 거예요" 하더니 6년이 지난 지금도 회사에 게임 하러 가는 것 같다며 재미있어 하고 있으니 어찌 말이나 꺼내볼 수 있으랴?

대학 나오자마자 회사에 들어간 둘째는 가방끈 긴 것은 딱 질색이라며 자기는 아니라고 "형 시키세요, 동생 시키세요" 말도 못 꺼내게 한다. 작년에 대학 들어간 막내는 아주 어릴 때도 논문 쓰고 있는 아버지 서재에 살짝 들어가서는 "그거 작년부터 하던 거 아녜요? 그거 그렇게 오래 해서 얼마 받아요?" 했었다. 나보고 제발 세일 하는 옷 좀 사 입지 말라며 세일 하는 옷 안 입는 자기가 죄의식을 느끼게 한다는 신종 인류다.

미국에서 고등학교 다닐 때도 자기 돈 많이 벌어 실리콘밸리에서 대박난 사람들이 산다는 부자 동네 미션에 집 사준다고 하더니 지난 봄방학에 전공 문제로 통화했을 때도 "엄마, 나 프로덕트 디자인 공부해서 돈 많이 벌게요. 돈 많이 벌 거예요" 한다. 맞벌이부부 하면서 고액 과외는 못 시켰지만 사치는 못 했지만 우리 어릴 때 비하면 부족한 것 없이 키우느라 애썼는데도 아이들이 추구하는 것은 말은 안 하지만 돈이 아닌가 싶다. 그것이 물질문명시대 탓인지 내 탓인지 모르겠지만 이래서 나는 가난을 느끼는 것이 아니라 '가난하다고 생각하게' 되는 것이다.

스승의 날이면 생각나는 선생님

내가 초등학교를 만 다섯 살에 들어갔다고 하면 어떤 사람은 놀라며 어릴 때부터도 '수재셨네요' 한다. 수재는 무슨 수재?

초등학교를 아홉 살에 들어가서 동기 중에서 나이가 제일 많았던 작은이모가 사범학교를 나와 초등학교 교사가 되었는데 말을 어른같이 끝내주게 잘하는 나를 학교에 집어넣기로 작심했기 때문이었다.

말을 잘할 수 있었던 것은 6·25가 나던 해 외가에서 태어난 데다 그때 육지에서 몰려온 피난민들 때문에 외가에는 우리 식구들보다 일하는 사람들이 더 많았다. 외할머니는 농업학교 선생님이었던 할아버지한테 시집오면서부터 농사는 안 지었는데 1948년 4·3사건이 나서 시장에서 식량을 구할 수 없게 되자 해수욕장으로 유명한 함덕에서 당시 제일 부자였던 친정에 쌀을 사러갔더니 돈을 들고 갔는데도 왕할머니가 쌀을 안 팔아주

섰다면서 그날부터 농사를 짓기 시작하셨다고 한다. 그러니 먹여주고 재워만 주면 일하겠다는 피난민들을 안 받아들일 수 없었다.

어른들 틈에서 어른들 말은 빨리 배웠을지 몰라도 학교 갈 준비한다고 하나부터 열까지 세는 연습을 하는데 내가 꼭 일곱이나 여덟쯤 가면 하나를 빠트려서 이모가 짜증내던 얼굴이 지금도 눈에 선하다. 초등학교 입학식 날 출석을 부르는데 '네' 하는 대답이 안 나와서 나를 학교 데려간 '식모언니'를 안달시키던 일도 기억이 난다.

나는 몸이 약해서 결석도 많았지만 초등학교 1학년부터 3학년까지 뭘 했는지 4학년이 될 때까지 글을 읽지 못했다. 요즘같이 시험을 자주 보는 세상이었으면 당장 탄로가 났겠지만 그땐 주로 일어나서 책을 읽게 하였는데 나는 그림을 보면서 읽었기 때문에 선생님들은 내가 글을 깨우친 줄 아셨던 것 같다. 더구나 3학년 때는 더 넓은 부지에 새로 지은 교사校舍로 이사를 하기 위해 운동장 고르는 작업에 자주 동원되었으니 당연히 공부는 뒷전이었다.

4학년 때 담임 최진경 선생님은 우리 아버지 또래되는 분이셨는데 첫날부터 달랐다. 내가 글도 모를 뿐만 아니라 쓸 줄 아는 글자도 몇 개 안 되는 것을 알고 집이 어딘지 알려주면서 저녁마다 공부하러 오라고 했다. 천만다행인 것은 나 말고도 글 모르는 아이들이 서넛 더 있었고 그것도 모두 여자애들이었다. 저녁 먹고 15분쯤 걸리는 선생님 집에 가서 공부하는 일은 정말 즐거웠다. 한 달 정도 다니니까 그만 와도 되겠다고 하는데 그게 더 서운할 정도였다.

더구나 그해에 우리는 새 학교로 이사 가서 책상과 걸상이 아직 안 들어왔기 때문에 교실에는 학생들이 나무로 짠 사과상자를 놓고 바닥에 앉아서 공부했다. 막 공부에 취미를 붙이기 시작한 나는 미술 시간에 다 그린 그림을 제출하려고 들고 나가다가 다른 학생의 사과상자에 박힌 못에 발등이 찢기는 사고를 당했다. 발등에서 피가 솟자 놀라서 울어대는 나를 업고 도립병원으로 뛰던 선생님의 따뜻한 등이 지금도 느껴진다. 아버지한테도 그렇게 업혀본 기억이 없는데.

5학년이 되자 그렇게 좋았던 선생님이 오라라는 곳으로 전근가셨다. 새 담임선생님은 더 젊고 씩씩한 남자 선생님이었지만 우리는 옛날 선생님이 그리워 아이들이 어느 날 수업을 빼먹고 오라로 선생님을 찾아가자고 모의했다. 오라라는 곳에 외할머니 밭이 있어서 가보긴 한 것 같은데 구르마를 타거나 일하는 사람들 등에 업혀 가본 일은 있어도 걸어서 한 시간도 넘는 곳에 그렇게 먼 길을 내 발로 걸어가기는 난생 처음인 대장정이었다.

걷고 또 걸어서 힘들게 힘들게 찾아갔는데 선생님은 반겨주기는커녕 왜 왔냐고 호되게 야단만 치셨다. 그야말로 야단맞으러 그 먼 길을 간 셈이었다. 돌아오는 길은 배도 고프고, 덥고 또 더 멀게 느껴져서 선생님이 그 전 해에 우리를 그토록 사랑하셨나 의심이 갈 정도였다.

이튿날 새 담임선생님한테는 이실직고하지 않을 수 없었고 야단만 맞은 게 아니라 벌까지 섰다. 그야말로 이중고였다.

최진경 선생님이 다시는 찾아오지 말라고 해서 그 말을 믿고 그 뒤로 한번도 찾아뵐 생각 못하고 50년이 흘렀지만 지금도 스승의 날 노래를 들으면 목이 메고 그 선생님 생각이 난다.

25년 이상 교직에 있으면서 학생들이 스승의 날 노래를 불러주면 감정이 무딘 나도 눈에 눈물이 고이는데 과연 학생들은 나에게도 이런 스승이 있었다는 것을 상상이나 했을까?

홍콩에서 온 후배

오늘은 민이를 만나러 가는 날이다.

몇 년 만인지 기억이 정확하지 않지만 적어도 오륙 년은 더
된 것 같다. 옛날처럼 주의를 안 들으려면 화장도 하고, 옷도
좀 잘 차려입고 구두도 신고 나가야지.

1998년 겨울 멀티미디어학회에 논문 발표하러 홍콩에 갔을
때 공항으로 마중도 나와주고 길 안내도 도맡아해준 민이는 둘
이서 학회 장소로 가면서 "언니, 그 안에 입은 그 스웨터 몇 년
입은 거야?" 속으로는 글쎄 몇 년? 한 칠팔 년은 되지 않았을까
계산 따지고 있었다.

"돈 벌어서 다 뭐 했어? 그 스웨터 좀 바꿔" 하더니 "양말은
그게 뭐야, 신앙촌 양말이지?" 잘도 아네, 트럭에서 양말 파는
아저씨 물건 좀 팔아주려고 샀단 말 못하고 묵묵부답 웃고만
있는데 또 한마디 했다.

"그 신발은 또 뭐야, 그거 할머니들 신는 사스 그거지? 누가 그걸 신고 학회에 와?" 속으로는 그래도 이거 금강구두야, 누군가 구두표를 줘서 샀지만. 나를 너희 언니랑 비교하면 되냐? 민이언니는 모 대학 미대 교수로 동양화 중에서도 미인화를 잘 그리는 화가로도 유명하다.

민이는 대학 1년 후배로 우리는 춘천 성심여대 시절 기숙사 생활을 3년이나 함께한 아주 오래된 동지다. 학기마다, 방 식구가 바뀌었는데 나랑은 같은 방 식구가 된 적도 없고, 더구나 같은 과도 아닌데 어떻게 민이는 나를 그렇게 따르게 되었는지 아직도 모르겠다.

대학 3학년 여름방학 때 제주도 우리 집에 놀러오겠다고 해서 그러라고 했는데 진짜 왔다. 오겠다고 했다가 안 온 친구들이 부지기수여서 그냥 하는 소리인가보다 했는데 더구나 동기도 아니고 후배인데 오려나 했더니 드디어 다른 후배들이랑 와서 우리 집에 묵으면서, 도 일주도 하고 해수욕장도 다녔다. 우리 집에 다녀간 뒤로 우리는 더 친해졌고 그 이듬해 기숙사 오픈하우스 때는 민이어머님이랑 언니까지 오셔서 식사 대접도 후하게 받았다.

친한 후배임에도 청첩장도 안 보내고 결혼식을 올린 뒤 신혼여행을 다녀와보니 뒤늦게 소식을 들었다면서 시댁에 찾아와 결혼선물로 당시 유행하던 은 티스푼과 포크 세트를 맡겨놓고 갔다. 그런데도 나는 난생 처음 미국으로 떠나느라 경황이 없어 고맙다는 연락도 못했다.

그리고 8년 만에 귀국해보니 민이는 결혼해서 홍콩에 갔단다. 남편이 한일합섬 주재원으로 파견나간 것인데 8년을 평사원으로 근무했는데도 승진이 안 되어 퇴직하고 그때부터 자기 사업을 했다고 한다. 사업이 잘될 때는 디스커버리 아일랜드 주택에 살면서 아들 둘도 외국인학교에 보냈고, 고등학교 때부터는 미국 동부의 사립 기숙학교로 보낸 극성부모였다. 덕분에 두 아들은 지금 세계 굴지의 투자회사에 근무하는 엘리트들이 되었다. 최근에는 남편 건강이 나빠져 지금은 심천으로 옮겨가 살고 있다.

목동 현대 스타벅스에서 만난 민이는 지난 번 만났을 때보다 더 젊어진 것 같다. 아주 확 핀 얼굴이다. 둘이서 점심을 먹고 인상학 강의를 듣겠냐고 했더니 따라가겠단다. 그날 마침 한 10년 전에 나왔다가 지금은 절판된 소노 아야코의 『아름답게 늙는 지혜』를 인터넷으로 사서 책가방 속에 넣고 있었다.

"이 책 좋은데 읽어볼래?" 했더니 "언니, 이거 옛날 나한테 보내준 책 아냐? 나 이거 있어" 하는데 우습기도 하고 멋쩍기도 해서.

"그랬나? 난 까마득하게 잊고 있었는데." 오늘은 지적 좀 안 당하나 했더니 또 긁어 부스럼이군. 우리 집에 가서 차나 마시자고 했다. 들어서면서부터 현관 공간이 이렇게 좋은데 화분이라도 좀 놓지, 하더니 차 마시면서는 텔레비전이랑 나란히 놓여 있는 철제 콘솔테이블을 가리키면서 "언니, 저건 저기 놓는 게 아냐, 현관 들어오는데 마주 보이는 벽 그림 아래 놓는 거야" 한다. 식당 구석에 놓인 돈궤를 가리키면서 저렇게 좋은 물건을 구석에 처박아놓고, 가습기와 진공청소기는 왜 올라가 앉았냐고 한다. 딱히 할 말이 없는 지적이다.

오늘은 안 하나 했더니 웬걸. 피부관리 좀 하라면서 밤에 세수한 뒤에는 꼭 영양크림을 발라줘야 하고 일주일에 적어도 한 번 이상 마스크팩을 붙여야 하며 아침에도 화장수 바른 뒤에는 보습하는 크림을 바른 뒤에 선블록크림을 발라야 한다는 것이다. 모처럼 분도 바르고 나갔는데. 선블록 기능이 있다더라고 변명 아닌 변명을 해야 했다. 제자들이 사다줘서 난생 처음 가져본 분이란 얘긴 뺐다.

그래도 오늘은 옷에 관한 주의사항은 없었네. 가만 있어봐. 내가 선배야 자기가 선배야? 40년 전, 그 옛날 우리 집에 놀러 왔을 때도 민이는 자기 빨래를 널었는데 속옷을 겉옷 속에 가려 널었다고 우리 어머님이 칭찬했던 생각이 난다. 그때부터도 민이가 내 선배였던 거 아닐까 모르겠다.

인형을 안고 다니는 손녀

막내 조기 유학 뒷바라지한다고 미국 가 있는 동안 운 좋게도 큰애가 딸을 낳았다. 내가 못 가져본 딸이 아닌가! 안사돈이 말레이시아 페낭에서부터 오셔서 첫 10주 동안 봐주다 가고 3개월 산후휴가가 끝날 때부터 나도 베이비시터와 반반씩 아기를 봤다. 1년 가까이 아기를 보는 동안 정이 들어서 막내가 대학 기숙사로 떠나고 집에 올 때는 막내랑 헤어지는 것보다 손녀랑 헤어지는 것이 더 가슴 아팠다.

서울 와서도 손녀랑 지낸 시간이 너무 행복했다는 생각이 들어 큰애 보고 괜히 유학가라고 했다고, 옆에 끼고 살걸. 엄살부리는 메일을 보냈더니 하루가 멀다고 핸드폰으로 찍은 손녀 사진을 보내줬다. 그러더니 지난 달부터 비디오를 찍을 수 있는 핸드폰을 샀다면서 사진 대신 일 분짜리 비디오를 첨부파일로 보내온다.

지난 주에는 손녀가 인형 하나는 왼팔에 안고 다른 더 큰 인형은 장난감 보행기에 태워 밀고 가는 비디오가 왔다. 이제 겨우 두 돌이 지났는데 벌써 두 딸의 엄마 노릇을 해? 신기해서 보고 또 보곤 한다. 여자애들은 저 때부터도 엄마 연습을 하는 거구나.

내 어릴 때는 장난감이 별로 없었다. 이모부 병원에서 쓰고 난 페니실린 주사약 병을 박스째로 얻어다 놀았다. 두 살 아래인 남동생은 내 거까지 다 자기 거라고 뺏어가버려 때론 그것 땜에 둘이 싸움했는데 말리러 오신 외할머니는 욕심 많다고 늘 동생을 쥐어박았다. 동생이 맞아서 울면 이번엔 불쌍하다고 내가 동생을 껴안고 울었다.

그러던 어느 날 나는 페니실린 병을 완전히 포기하고 그때 학생이었던 작은이모한테 인형을 만들어달라고 졸랐다. 흰 무명 조각에 솜을 넣어 얼굴과 몸통, 팔다리를 각각 만들어 붙이고 흰 저고리와 검정치마까지 만들어 입히는 동안 나는 옆에서 구경만 했는데도 만드는 이모보다 더 재미있었다. 다 완성이 되면, 그때는 볼펜이 없던 때라, 펜에다가 잉크를 묻혀 눈, 코, 입을 그리는데 펜촉이 무명 올에 걸리면 잉크가 확 번져서 인형 얼굴이 새까맣게 되어버렸다. 그러면 이모는 짜증이 나서 인형 목을 몸통에서 쫙 빼버리는데 나는 그 대목이 너무 싫었다. 꼭 사람을 죽이는 장면을 보는 것같이 끔찍했다.

엄마한테 그 얘길 했더니 너희 이모는 토끼를 죽인 독종이라 족히 그러고도 남는다고 했다. 내가 태어나기도 전인 초등학교 때 이모는 토끼를 키웠는데 토끼는 새끼를 낳아서 뭔가 성미가 뒤틀리면 새끼를 잡아먹는다고 했다. 어느 날 이모가 학교 갔다 오더니 또 새끼를 다 잡아먹었다며 어미 토끼를 토끼장에서 꺼내다가 칼로 토막을 내어 죽였다는 것이다.

그래도 몇십 년 동안 이모한테서 직접 진실을 들어볼 기회가 없었는데 지난 번 어머니 제삿날에 웬 연유에서였는지 그 얘기가 나왔다. 이모는 자기가 어미 토끼를 죽인 것이 아니고 학교 갔다 와보니 죽어 있어서 너무 화가 나 꺼내다가 토막을 낸 건 사실이라고 했다. 바퀴벌레도 못 죽이는 요즘 아이들은 그 얘기를 듣고 경악했다.

지금 생각해보면 인형 얼굴을 먼저 그리고 잘 되면 다른 부분들을 만들어 붙여도 될 일이건만 이모는 꼭 자기가 정한 순서대로 인형을 만들었기 때문에 그 뒤로도 가로 20센티, 세로 30센티 정도 되는 주사약 상자에 나란히 누일 수 있게 족히 대여섯은 되었을 인형을 다 만들 때까지 나는 인형이 죽는 장면을 여러 번 보아야 했다. 주사약 박스 안에 모두 다른 크기로 줄지어 누워 있던, 저고리 치마 입은 인형들은 모두 이모 작품들이었다.

이모님은 스물넷에 시집을 가서 딸 여섯을 낳고 막내로 아들을 얻으셨다. 마치 주사 박스 안에 누워 있던 작품들이 모두 미래에 태어날 딸들을 예고했던 것처럼. 이모는 어릴 때부터도 동네 꾀죄죄한 아이들을 모두 데려다가 얼굴, 손발 씻어주고 머리 빗겨주는 것이 취미였다고 한다. 나보고는 자기 머리도 제대로 안 빗고 다니는 애한테 하느님은 딸을 주지 않으신다고 몇 번이나 강조했는지!

남자애들은 어릴 때 인형놀이 하지 않으니까 그랬는지 아니면 내가 너무 바쁘게 살아서 그랬는지 내 아이들이 어렸을 적에는 단 한번도 생각한 일이 없었던 것들을 손녀를 보면서는 생각하게 된다.

이 아이 앞에는 어떤 삶이 기다리고 있을까?

무엇보다도 이 담에 자식은 몇을 낳아 키우게 될까?

집안 망신이었던 연애결혼

　요즘처럼 만나고 헤어지기를 밥 먹듯이 할 수 있고 나이도 들 만큼 들어서 연상이든 연하든 누가 뭐라고 하지도 않고 그야말로 결혼으로 이르는 길이 더할 수 없이 여러 모로 자유를 구가할 수 있는 시대가 온 것 같은데도 노총각, 노처녀는 점점 더 많아지고 있고, 그나마 선을 보라면 그것도 마다하고 자기들이 어디서든 데려오겠다는 식이라니. 50년 세월이 참으로 많은 것을 바꿔놓는다.

　해방되어 일본인 교장이 떠난 뒤 제주도에서는 당시 최고학부였던 농업학교 교장 선생님이 되신 외할아버지 댁에 회의하러 오던 선생님 중 한 분이었던 아버지와 인연이 되어 외할아버지의 반대를 무릅쓰고 시집간 엄마와는 달리 둘째이모는 완전 중매로 결혼했다. 결혼 전에 단 한번 친척 집에서 소개받고 집까지 바래다준 것이 유일무이한 데이트였다고 한다.

어머님은 이모부 인물이 없다고 시집가지 말라고 했다는데 이모는 부모님이 가라고 하면 절름발이한테라도 가겠다고 했다는 얘기는 지금까지도 종종 회자되는 일화다. 대단한 효심이라고 해야 할지 아니면 그런 마음가짐으로 결혼했기 때문에 그랬는지 잘 사니까 병원이모는 평생 외할머니의 지존이었고 자부심이었다.

중학교 때부터 예쁜 얼굴로 시선을 끌었던 작은이모는 남학생들한테서 소위 말하는 쪽지 편지를 무수히 많이 받은 모양인데 한 번이라도 들키기만 하면 자기가 뭘 잘못 했는지도 모르면서 할머니한테 죽도록 혼났다고 한다. 이모는 사범학교를 나와 하귀초등학교에서 교편을 잡았는데 집에서 출퇴근하기가 멀다는 이유로 하귀에 가서 자취했다. 그러면서 은행원이었던 이모부랑 연애하는 사이가 되었던 것 같다. 그때만 해도 연애는 결코 용서받지 못할 자들이 하는 짓이어서 모두 쉬쉬했던 탓으로 등잔 밑이 어둡다고 결국 결혼 얘기가 오갈 때쯤 되어서야 비로소 외할머님이 제일 늦게 알게 되셨던 것 같다.

외할머니가 딸 셋 중에 하필이면 막내가, 믿었던 막내가 연애해서 집안 망신시켰다고, 믿는 도끼에 발등 찍혔다는 얘기를 만나는 친척들이나 동네 사람들한테 얼마나 많이 하셨던지 나는 연애라는 것이 무슨 범죄라도 되는 줄 알았다. 이 담에 커서 나는 절대로 그런 짓을 해서 외할머니를 실망시키고 집안을 망신시키는 일은 없을 거야, 절대로 있을 수 없는 일이고 말고 하면서 혼자서 맹세에 맹세를 거듭했다. 어떻게 선생님인 작은이모가 그럴 수 있어?!

외할머니는 결혼하겠다고 데려온 이모부가 될 사람이 마음에 안 들어서 그러셨던 것은 아니고 둘째이모처럼 부모님이 정해주실 때까지 얌전히 기다리고 있지 않고 '연애를 걸었다'는 그 사실에 분노하셨음이 분명했다. 더구나 뒤에선 '년, 놈' 하는 욕까지 하다가도 막상 이모부가 될 분이 나타나면 신기하게도 만년 손님이라는 말처럼 정중하게 잘 대해주셨다.

물론 외할머니의 노여움이랄까 배신감이 다 사라질 때까지는 사실 10년도 더 걸렸다. 다시 말해서 작은이모한테도 다른 딸들처럼 된장, 간장, 고추장이나 김장을 해주는 사이가 되기까지 십 년 이상 걸렸다.

집안에 유일한 연예인인 사촌 동생 남편은 작은이모를 '레몬향을 확 뿌린 여자'라면서 자기 아내더러도 제발 그렇게만 살아달라고 했다는데 지금도 멋쟁이에다 얼마나 젊어보이는지 여동생과 둘이서 기회가 있을 때마다 너무 잘 맞는 별명이라고 하며 낄낄거린다.

얼마 전에는 여동생이 이모랑 만나 이모부에 관한 근황을 얘기하는데 '착한 사람이긴 하지만 취미도 없고 특기도 없다'고 하면서 지금 같으면 절대로 이모부를 택하지 않았을 거라는 애길 했대서 둘이 얼마나 웃었는지 모른다.

"언니, 이모 나이가 몇이시지?" "아마. 74세지?" "그 나이에 그런 생각을 할 수 있다는 거, 그거 우리 이모니까 할 수 있는 일 아냐?" 하는 여동생의 코멘트가 더 웃겼다.

다음 생에서 지금의 배우자랑 만나겠느냐는 설문조사 결과에서 남자는 65%가 예스이고 여자는 35%만이 예스라는데, 여동생의 설명에 의하면 남자는 배우자가 달라졌다고 해서 별반 다르지 않은 인생을 살고 있고, 여자는 배우자가 달라지면 삶이 너무 많이 달라질 수 있기 때문이라고 한다.

내가 아는 어떤 부인은 다음 생에서도 지금의 남편하고 만났으면 좋겠다면서 그 이유로 이 사람한테 적응하는 데 얼마나 힘들었는데 또 다른 남자한테 적응하라는 것이냐고 했다.

50년 전 집안 망신시키며 연애결혼한 이모는 또 다른 이유로 다른 남자를 만나고 싶어 하는데. 뭔지 모를 배신감이 드는 건 왜 그럴까?

제2장

코치백이 명품이야?

지하철 9호선

직장에 다닐 때에는 차가 있었으므로 대중교통을 이용할 일이 별로 없었다. 주말에 서울대공원으로 동생이랑 걸으러 갈 때에만 2호선과 4호선을 탔다. 동생이 노상 차를 갖고 오니까 함께 점심 먹으러 이동할 때 두 차로 다녀야 하는 번거로움 때문에 지하철을 탔다.

일주일에 오직 그때만 버스와 지하철을 타므로 그날은 내가 '서울시민을 만나는 날'이라는 생각이 들었다. 지하철을 타는 남녀노소, 모르는 사람들이 어떤 옷차림을 하고 있고 어떤 신발을 신는지, 여성들의 경우에는 어떤 핸드백을 드는지 그리고 타고 가는 동안 어떤 표정들을 하고 있는지 구경 아닌 구경, 사람 구경으로 시간 가는 줄 몰랐다.

세계 최초의 지하철은 영국에서 탄생했는데 1863년 처음에는 증기기관차로 출발했다가 1890년 전기철도 방식으로 교체

했다고 하니 발전 속도가 왜 그리 더디었나 싶은 것이 새삼스럽다.

4년 뒤인 1894년에 헝가리 부다페스트, 1898에는 오스트리아 빈, 1900년에 프랑스 파리, 1892년에 독일 베를린, 그리고 그 4년 뒤에는 함부르크에 지하철이 개통되었다니 문명의 전파가 눈에 보이는 듯하다.

미국에는 1901년 보스턴에 처음 개통되었고 뉴욕 지하철이 3년 뒤에 뒤를 이었다. 내가 난생 처음 타본 지하철이다. 유학생 시절에도 노상 차가 있었으므로 뉴욕시까지 몰고 갔지만 시내 구경하기에는 주차 때문에 시간이 너무 많이 걸려서 지하철을 타고 이동했던 것이다.

우리나라 지하철은 1974년 서울역에서 청량리까지 1호선, 그때는 종로선이라는 이름으로 처음 개통되었지만 내가 처음 타본 것은 1981년 귀국해서였다.

나는 요즈음 내 차가 없어서 그런지 지하철 애호가가 되었다. 나는 서울 지리를 잘 모르지만 특히 강남 지리를 더 모른다. 그런데 강남 가는 일이 전혀 어렵지 않다. 목동에서 버스타고 당산역으로 가서 9호선을 타면 간단한 일이 되었다.

지난 달에는 신논현역에서 걸어갈 만큼 가까운 곳에 사는 둘째동생네가 김장한다고 해서 구원투수로 갔다. 품앗이(?)로 주는 김치 5킬로 정도만 가지고 가겠다고 한 것은 무겁다고 택시를 타면 김치값보다 택시비가 더 많이 나올 것이기 때문이었다.

김치통을 들고 9호선을 타면서 그렇게 흐뭇할 수가 없었다. 김치 냄새가 날까, 염려될 정도로 9호선은 깨끗하고 세련된 노선이기 때문이다.

얼마 전에는 여의도 이마트 초밥이 맛있다고 해서 부러 거길 들렀다. 이마트는 요즘 비닐봉투를 팔지 않으므로 종이봉투를 사서 넣고 들고나왔는데 지하철역으로 내려가는 계단에서 봉투 손잡이가 떨어지는 참변을 당했다. 초밥이라는 것이 옆으로만 들어도 제 모양으로 있기가 어려운 음식인데 미국 사람들 같으면 이마트를 고소했을 거란 생각을 하며 이럴 때 어떻게 해야 하지? 화가 나서 부글거리고 있었다.

박살난 초밥이 든 봉투를 끌어안고 당산역에 내리자마자 도넛 가게에 들렀다. 이마트가 불량품 봉투를 팔아 비싼 초밥이 엉망이 되었다고 하소연하고 비닐봉투를 얻었다. 친절하게 봉투를 내주는 직원을 보니 그냥 달라고 한 것이 염치없는 것 같아서 커피를 한 잔 주문했다. 향이 좋은 커피를 들고 9호선을 타니 다시 기분이 좋아졌다. 다른 지하철 노선들도 이렇게 업그레이드시켜야 하지 않을까? 9호선만 같으면 우리나라도 선진국인데.

코치 백이 명품이야?

2007년 여름, 고등학교를 미국에서 다니는 막내하고 방학 동안 집에 다녀가려고 샌프란시스코 공항에서 짐을 맡기고 주차하고 오느라 늦어지는 큰아들 내외를 기다리고 있었다.

유학생임이 분명한 옷차림의 어떤 여학생이 짐을 맡기려다가 퇴짜를 맞아서 큰 트렁크를 열고 그 안에 들어 있는 물건들을 재배치하고 있었다. 우리도 짐을 너무 무리하게 많이 넣어서 그랬던 경험이 있었으므로 막내는 그런 거 보지 말라고 눈치를 주는데도 불구하고 호기심이 많은 나는 그 여학생의 가방 안에는 과연 무엇이 들어 있을까 궁금해서 안 보는 척하면서 몰래 들여다보고 있었다. 크고 작은 코치 백이 무려 여덟 개나 들어 있었고 손에 들고 있는 핸드백도 같은 브랜드였다.

너무도 놀라워서 그런 거 보지 말라는 막내에게 말했다.

"야, 저 봐라, 저 봐… 무려 여덟 개야!" 막내도 엄마 말이 안 믿어지는지 자기가 나한테 했던 충고는 잊어버리고 핸드백들을 보고 있었다. 주차하느라 늦게 나타난 큰아들, 며느리에게 무슨 대단한 구경거리를 놓치기라도 한 것처럼 흥분하며 그날의 화제로 삼았던 것은 물론이다.

그해 겨울 며느리가 나한테 생일 선물로 코치 백을 사줘서 팔자에 없는 고가품을 들게 되었다고 생각했다. 공항에서의 구경거리가 외국인 며느리한테 한국 사람들은 코치 백을 상당히 좋아한다고 생각하게 했을지도 모를 일이다.

그리고 몇 달 뒤 막내는 대학이 결정되어 기숙사로 가게 되었고 나도 드디어 2년 반 동안의 기러기 가족 생활을 마감하고 집에 오게 되었는데 문제의 코치 백이 말썽이다. 아무리 생각해도 멋내는데 한 수위인 작은이모를 제치고 코치 백을 들고 다닐 수가 없을 것 같았다. 맘 같아서는 그때 노상 들고 다니던 끈이 긴 속칭 우체부 가방crossbody bag을 이모 드렸으면 딱 좋겠는데 그것도 며느리가 사준 선물을 달랑 드릴 수도 없는 노릇이어서 거금 300달러를 들여 새로 나온 디자인으로 하나 준비하였다. 이모님이 좋아하신 것은 말할 것도 없었지만 그 집 막내 여섯 째 딸이 외국 여행 갔다가 면세점에서 똑같은 걸 샀다는 얘기가 들려왔지만 못 들은 척했다

그리고 작년 겨울 다시 미국에 가게 되었고 우연찮게도 그곳에서 환갑을 맞게 되었다. 큰아들은 한 달 전부터 엄마가 꼭 가

고 싶은 곳이 어디냐고 모시고 가겠다고 했다. 사실 레이크 타호에 가서 평생 못 해본 파친코를 해보고 싶었지만 두 살짜리 손녀가 고속도로에서 카시트에 묶여 앉아 있는 걸 그렇게 싫어하는 데 네 시간씩이나 걸리는 곳에 가자고 할 수도 없는 노릇이었다.

나는 쇼핑을 좋아하는데도 사람들이 얘기하는, 그 상설 할인매장만 모아놓았다는 길로이Gilroy에 안 가봤으니 한번 가보고 싶다고 했다. 다행히도 아들네서 한 시간이면 갈 수 있는 곳이다.

길로이는 민속촌처럼 작은 마을인데 온통 1층 건물로 된 가게들이 모여 있는 곳이었다. 어찌 보면 주차장을 가운데 두고 돌아가면서 집을 지은 것처럼 느껴지는 아주 편안한 쇼핑플라자였다. 대부분 가게가 브랜드별로 되어 있어서 〈팀버랜드〉 가게에 들어가면 그 브랜드 물건만 파는 것이 특징이었다. 물론 삭스 피프스 아베뉴 같은 고급 백화점 아울렛도 있었다. 며느리는 아들이 총각 때부터 쓰던 코닝 그릇을 바꾸겠다고 그 가게에 들어가 나오질 않고 아들은 아울렛에선 뭐 괜찮은 걸 사본 일이 없다고 아예 포기한 듯 딸이랑 산책나온 사람처럼 프레즐 같은 군것질 하느라 바쁘다.

청바지나 하나 볼까 하고 들어간 게스 가게에 바지는 없고 무수히 많은 핸드백과 장신구들만 진열되어 있었다. 목걸이는 겹겹이 여러 줄을 거는 것이 요즘 유행인지 모두 감당이 안 되는 것들뿐이고 대학 다니는 조카들이나 줄까 하고 반지만 세개 샀다.

이 가게 저 가게 들락거려도 살 것이 별로 없어서 아들한테 어디 있느냐고 전화했더니 스타벅스에서 커피를 마시고 있단다. 뭔지 한 아름 살 것처럼 오자고 했는데, 영 체면이 말이 아니다. 머느리는 어딜 갔는지 안 보이고 나도 스타벅스를 찾아가 애꿎은 커피만 마시고 있는데 다른 가게들하고는 달리 옆옆 가게에 사람들이 엄청나게 붐빈다. 뭔가 자세히 봤더니 코치백 가게였다. 마시던 커피도 버려둔 채 나도 달려갔다.

공항 면세점이나 백화점에서 고귀하게 모셔진 코치 백만 보다가 이렇게 창고형으로 많은 코치 백들을 쳐다보고 있으려니까 크고 작은, 형형색색의 C 자들 땜에 머리가 돌아버릴 지경이었다. 테이블에 나와 있는 신형만 30% 할인이고 모든 핸드백이 50%인데다 250달러어치 이상 사면 거기다가 추가로 20%를 할인해준다는 것이다. 물론 캘리포니아주는 부가가치세가 9.75%로 올라서 거의 10%가 더 가산됨을 명심해야 한다.

작년도 『비즈니스 위크』지에서 코치 백은 2005년부터 3년간 20%씩 성장하다가 2008년에는 14% 감소해서 직원을 150명 해고했다는 기사를 읽은 기억이 났다. 여기 길로이 할인매장은 공장 직영이니까 그런가보다 싶었지만 회사가 그렇거나 말거나 추가 20%가 어디야 하면서 250달러 이상을 쓰려니 한꺼번에 셋은 사야겠다는 생각이 들었고 환갑 기념이니까 다 내가 쓸 것들을 골라야지 했다. 핸드백을 이거 들었다 저거 들었다 하는 것을 평생 골치 아픈 일로 생각해서 하나만 들고 어디든 다니는 자신의 습관은 잠시 잊어버렸다.

아무리 생각해도 C 자가 들어간 백을 들고 다닐 자신이 없어서 글자가 없는 가죽 백으로만 누런 색 하나, 검정 숄더백 하나 그리고 분홍색 비즈니스용 핸드백을 골랐다. 아들 며느리는 내가 뭔가를 샀다는 사실에 환호했다.

다음 날은 일요일이었는데 아침부터 집에서 20분밖에 안 걸리는 그레이트몰에 딤섬 먹으러 가자고 한다. 거기도 할인매장들을 모아놓은 몰이니, 어제 쇼핑 다 못한 거 있으면 하라고 한다. 속으로는 환갑 기념행사가 온통 돈 쓰는 일뿐이군 하면서도 차가 없어서 누군가가 실어다주지 않으면 혼자 갈 수 없는 곳이라 신이 났다.

그레이트몰은 얼마나 큰지 여러 번 가봤지만 아직도 지리를 다 알지 못한다. 불경기여서 그런지 옛날보다 사람들이 엄청나게 많이 몰린다는 사실을 피부로 느낄 수 있었다. 딤섬 먹은 중국집에서 그리 멀지 않은 곳에 코치 백 매장이 있었는데 매장 입구에 사람들이 길게 줄을 서 있다. 파리에서 루이비통 백을 사려면 그리해야 한다는 애긴 많이 들었지만 물건을 사러 가게에 들어가기 위해 줄을 선 것은 난생 처음 보는 일이다. 신기했다. 며느리가 여기도 공장 직영이라고 한다.

며칠 뒤 캐나다 토론토에 사는 막내동서랑 전화로 수다를 떨다가 그레이트몰의 코치 백 할인매장에서 본 일을 얘기했다.

"사람들이 줄 서서 몇 명 나오면 몇 명 들어가는 거 그거 하고 있더라."

나는 신기하다고 생각해서 하는 얘기였는데 동서는 기회는 이때다 싶은지 "형님! 저도 그거 하나 사서 보내주세요!" 한다. 다음 날 손녀를 돌봐주는 이모가 나타나자마자 그레이트몰에 좀 데려다달라고 했다. 주중 아침이어서 그런지 우리는 줄을 서지 않고도 들어갈 수 있었다.

그레이트몰이 있는 동네가 그 유명한 구글 본사가 있는 마운틴 뷰와 인접해 있기도 하지만 중국 사람들이 많이 산다고 알려져 있다. 어떤 중국 아줌마, 한국 아줌마일지도 모르지만 똑같은 디자인의 백을 여섯 개 사는 걸 봤다. 거기도 마찬가지로 250달러어치 이상 사면, 추가 20% 할인이어서 나도 네 개를 샀다. 같은 토론토에 사는 큰시누 생각 아니할 수 없고 작은시누는 엘에이에 살지만 두 자매는 거의 매주 한번 이상 통화하므로 숨길 수 있는 일이 아니었다.

계산대에서 이메일 주소를 적으라고 해서 별생각 없이 적어줬더니 그 뒤로 거의 매주 광고 메일이 왔다. 비교적 자주 메일을 보내는 여동생에게 코치 백 구경이나 실컷 하라고 광고 메일을 전달했는데 하나를 고르더니 사다 달랜다. 그러고 보니 친구들 생각이 났다. 교수 친구와 교장 친구한테 광고메일을 보냈다.

교장 선생님은 크지 않는 것 아무거나 사오라는 식이고 교수 친구는 1, 2, 3 넘버링까지 해가면서 원하는 걸 차례대로 지적 해주었다. 그렇다면 서울 사는 동서와 올케에게는 어떡한다?

또 다른 『비즈니스 위크』 주식 관련 칼럼은 코치 백 주가가 올라가는 것을 그래프로 보여주면서 핸드백 시장 점유율이 62%나 된다는 설명이었다. 코치 백 평균 가격이 325달러이었 던 것을 285달러로 낮춘 결과라는 식이다. 우리나라 여성 핸드 백 평균 가격이 얼마인지는 모르지만 나는 평생 20만 원 이상 짜리 핸드백을 사본 적이 없으므로 역시 미국은 잘 사는 나라 여서 그런 거야? 그렇다면 코치 백은 명품도 아니잖아.

집에 올 날이 가까워지면서 선물 보따리는 점점 늘어나고 덩 달아 코치 백 개수도 늘어나는데 남편은 신문에 사람들이 요즘 명품을 너무 많이 사들여오고 있다고 경고하는 기사가 났더라 고 겁을 준다. 명품은 무슨 명품? 시장 점유율이 62%인데 명품 이라고 할 수 있냐고 반박했더니 그럼 아니란다.

그래도 혹시 모르니까 싶어서 영수증을 제대로 챙겼다. 세금 을 내라고 하면 내야지 별 수 있나?

미국을 그렇게 들락거리면서도 워낙 명품하고는 관계없이 살아와서 그런지 가방을 열고 검사를 받아본 적은 갈 때도 올 때도 없었던 터라 이번에는 단단히 각오했다. 비행기에서 세관 신고서를 작성하려고 보니 돈은 만 달러 이상, 물건은 아이템 당 400달러가 넘어야 신고하게 되어 있어서 다행히도 적을 것이 없었다.

가만히 생각해보니 나도 이번에는 이래저래 코치 백을 열 개 넘게 산 것 같다. 왠지 모르지만 3년 전 공항에서 구경거리가 되었던 그 여학생 생각이 났다.

멋내기

옷을 잘 입는 것 더 나아가서 멋 내는 일이 우리 한국 여성들에게는 일생을 통해서 어떻게든 추구해야 할 절체절명의 과제 내지는 미션이 아닐까 하는 생각이 들 때가 종종 있다.

어떤 변호사가 14년 동안 번 돈을 모두 아내에게 갖다바쳤는데 최근 들어 수임료가 얼마 안 되어 수입이 줄어들자 사업을 벌이려고 아내한테 자금 좀 달라고 했더니 통장 잔고가 비었더라는 것이다. 어디다 썼느냐니까 먹고 입는 데 다 썼대서 장롱을 열어보니 밍크코트가 긴 것, 짧은 것, 색색으로 여섯 벌이어서 놀라고 이런 여자한테 벌어다 줘봐야 가망 없다고 판단해서 이혼했다는 얘기를 들었다.

믿기 어려울 만큼 황당하고 심각해서 웃자고 얘기한 사람한테 미안할 정도였지만 우리 주위에서 왜 이런 일이 벌어질까 하는 생각을 하지 않을 수 없었다.

우리 속담에 거지도 잘 입어야 얻어먹는다고 하는 말이 있다. 지금은 물론 잘 사는 시대가 되어서 그런지 먹을 걸 구걸하는 거지는 도통 보기 힘들다.

진짜 멋쟁이는 작년에 입었던 옷을 금년에 안 입는 사람이라고 한다. 우리나라처럼 사계절이 뚜렷하고 그것도 더 세분하면 두 주마다 절기가 변한다는 기후에서 작년에 입었던 옷을 안 입고 전부 새 옷으로 입으려면 비용도 문제지만 그걸 언제 다 사러 다닐지? 시간상으로 가능한 얘기인지 심히 우려되지 않을 수 없다.

거기다가 요즘 들어서는 옷 색깔이나 모양에 따라 핸드백과 구두, 때로는 모자까지 맞추어야 한다니 매번 그걸 매치시키는 일도 쉽지 않겠지만 도무지 몇 개의 핸드백과 구두를 갖추고 있어야 가능할지 상상하기조차 힘들다. 더구나 이 모든 걸 계절마다 준비하고 갈무리하려면 매일 밥이나 빨래, 청소하는 만큼이나 많은 시간을 써야 하는 건 아닐까 하는 생각이 든다.

몇 년 전 미국 있을 때 우리나라 여성이 화장품을 많이 쓰기로 세계에서 일등이라는 얘길 들은 적이 있다. 평생 화장을 안 하고 버티어온 나로서는 그것도 진짜인지 믿기 어려운 정보였다.

얼마 전 남편이 잘 아는 T 화장품 회사 회장님과 만난 일이 있었는데 기회는 이때다 싶어서 그게 사실이냐고 물어보았다. 세계에서 화장품을 가장 많이 쓰는 게 프랑스, 일본 그리고 우리라고 한다. 프랑스는 향수를 많이 쓰니까 그걸 빼면 화장품은 아마 우리나라가 단연 제일일 것 같다고 했다.

그게 비단 화장품만일까?

우리나라 여성이 옷이나 장신구에 쓰는 비용 또한 세계 제일은 아닐까?

우리는 왜 그렇게 멋쟁이가 되고 싶을까?

자기애narcissism일까?

남성들에게 매력을 발휘하기 위해서라면 멋내기로 되는 걸까?

다른 나라 여성보다 아름다워지고 싶은 욕구가 더 크다는 것은 그만큼 스스로가 예쁘지 않다고 생각하는 열등의식이 있는 건 아닐까?

아니면 경쟁의식에서 오는 멋내기일까?

아무리 생각해도 쉬이 알 수 있는 일이 아니다.

1등인데도 행복하지 않대

평소 우리나라는 잘하고 있다는데 왜 행복하지 못할까 하는 명제에 대해 나름대로 고민하고 있었다. 서열주의문화가 모든 사람을 행복하지 못하게 한다는 설도 있다. 1등은 다음에도 1등을 해야 한다는 부담감과 1등을 고수하지 못할지도 모른다는 불안감 때문에 행복하지 못하고 2등부터 꼴찌는 1등이 아니어서 불행하다는 것이다.

어제 아침 신문에서 "행복한 나라 덴마크 1위, 한국 56위"라는 기사가 났다. 미국 여론조사기관 갤럽이 '세계에서 가장 행복한 국가' 순위 조사 결과를 경제전문지 포브스에 발표했다는 것이다. 미국은 14위, 고맙게도 일본이 81위, 중국이 125위다.

같은 신문에서 또 다른 1등을 발견하고 회심의 미소를 짓는다. 월스트리트 저널은 최근 '한국이 세계에서 가장 명품에 호의적'이라고 보도했다는 것이다. 쉽게 말하면 명품선호도가 세계 1등이란 얘기다.

어제 TV 저녁 뉴스에서는 노인빈곤층이 OECD 국가들 중에서 단연 1등이라고 한다.

1등이 어디 그것뿐인가?

3년 전 미국에 있을 때 그곳 한인교회에 강연하러 온 미시건대 심리학과 한국 교수 얘기가 생각났다. 그 분은 열 살 때 부모 따라 미국에 이민 갔는데 조국을 알고 싶어서 아주 구체적인 연구를 하고 있었다. 스무 가지 가까이 되는 한국이 1등인 항목들을 소개했다.

술을 가장 많이 마시는 나라

담배를 가장 많이 피우는 나라

교통사고가 제일 많이 나는 나라

여자들이 화장품을 가장 많이 쓰는 나라

미국으로 유학을 가장 많이 보내는 나라

(중국과 캐나다가 우리의 맞수이지만 인구 비례로 보면 우리가 단연 1위)

자녀를 하버드에 가장 많이 보내는 나라

미국 이민 가서 집을 가장 빨리 사는 나라(평균 6년)

미국 대학에서 가장 빨리 졸업하는 나라(미국 학생 평균 6년, 한국 학생 4.5년)

미국에 교회를 가장 많이 세우는 나라

(공식적인 이민자 수는 230만으로 알려져 있는데 교회 6,000개)

외국으로 선교사를 가장 많이 보내고 있는 나라

가장 많이 외국에 퍼져나가 사는 나라(158개국)

지구상에서 가장 빨리 민주화된 나라

음주량이 많다거나 교통사고가 많은 것처럼 바람직하지 않은 항목보다도 훨씬 더 많은 데에서 우리는 1등을 하고 있다.

그러면 그렇지!

이렇게 많은 분야에서 1등을 하려니 우리가 행복할 수 있나? 대가를 치르지 않고 얻어지는 것이 없는 게 세상인데 행복하다면 오히려 그게 이상한 거지. 안 그래?

구두 이야기

이십여 년 전 일이다. 쪼들리던 유학 생활을 마감하고 귀국해서 교수가 된 지 2년쯤 되었을 무렵이었다. 누군가가 엘칸토 구두표를 줘서 까만 샌들을 사서 신고 큰시누가 이사 갔다고 집들이하는 데에 갔다. 시어머님이 신어보시더니 이렇게 예쁜 샌들을 어디서 샀느냐면서 당신은 어디서 파는지 몰라서도 못 사 신는다고 너무 탐내하셔서 벗어드렸다.

벗어드린 것은 나인데 그 광경을 지켜보던 작은동서가 시어머님이 그런다고 더 흥분이었다. 대학 후배이기도 하고 내가 중매해서 시집온 사람이라 그런지 동서는 언제나 완전히 내 편이다. 우리 살림에 여름에 샌들 하나 사 신기가 얼마나 힘든데 그걸 뺏어서 신느냐는 것이다. 나 샌들 없어도 잘 살아갈 거니까 제발 그러지 말라고 오히려 내가 달래주는 형국이었다.

그리고 그 후 20년 이상 나는 샌들을 사 신어본 적이 없다.

내가 생각해도 신기한 일이다. 어떻게 우리나라 더운 여름을 샌들도 없이 살아올 수 있었는지?

왜 그랬을까? 맞벌이를 했기 때문에 사실상 경제 상황은 점점 더 나아져서 샌들값은 문제도 아니었는데 말이다. 지금 돌이켜 생각하며 혹시 또 뺏기기 싫어서 그랬을까? 스스로도 정답을 모르겠는 일이다.

3년 전 미국에 있는 동안 백화점을 어슬렁거리는데 우연히 새까만 에나멜 구두가 눈에 띄었다. 여름에 샌들 대신 신으면 비 오는 날도 끄떡없어 애용했던 종류다. 옛 스승이신 김 수녀님 생각이 나서 드리려고 사왔다. 수녀님 뵈러가는 날 대학 동기인 여의도 친구와 함께 갔는데 그 구두가 예뻐 보였는지 그 후로 나를 만나면 내 구두를 보면서 "그 구두 어디서 샀어?" 또는 "네 구두 참 예쁘다" 소리를 했다.

시시때때로 형광등인 나는 나보다 훨씬 멋쟁이인 그리고 며느리를 본 뒤에 명품 사는 데에 훨씬 과감해진 친구가 왜 내 저가 구두를 예쁘다고 하는지 알 수가 없었다. 그리고 이번 봄 미국에 가 있는 동안 구두 가게를 기웃거리다가 문득 여의도 친구가 내 구두 예쁘다고 했던 기억이 났다. 내 구두를 모두 미국서 산 것으로 착각했구나 하고 깨달아지는 것이었다.

미국 있는 동안 한약, 양약 할 것 없이 모두 사서 부쳐주었을 뿐만 아니라 평소 나한테 너무 잘해주는 언니 같은 친구한테

나보다 부자라는 이유로 받기만 하고 뭐 하나 해준 일이 없었던 자신이 한심하다는 생각이 들기 시작했다. 구두 사이즈가 나랑 비슷하리라는 생각이 들긴 했지만 확인하려고 친구네로 전화했다. 평소 같으면 사오지 말라고 할 텐데 정확히 무슨 사이즈인지 알려주는 것이 오히려 예상 외였다. 속으로 '내 안목도 인정해준다 이거지!' 쾌재를 불렀다.

그리고 그 다음부터 백화점에 갈 일만 생기면 쫓아가서 구두 가게부터 들르는 것이 코스가 되었다. 그 친구가 어떤 구두를 좋아하는지 아무리 궁리해도 나이 들면서 굽 높은 구두를 안 신는 것 같긴 한데 눈여겨보지를 않았으니 알 수가 있나. 미국 구두값이 이곳보다 저렴해서 아니면 내 안목에 자신이 없어서 그도 아니면 나도 친구한테 뭐 좀 잘해주고 싶어서 그랬는지 모르지만 아무튼 이래저래 사 모은 것이 열 켤레가 되었다. 5월 말 집에 오면서 아무리 짐을 줄여도 다른 식구, 친척들 선물 때문에 다 가져오지 못하고 반을 아들네에 맡겨두고 왔다.

다음 주 남편이 미국 아들네 집에 가는데 나머지 구두들을 챙겨오시라고 했다. 이곳저곳 추석 선물로 죄다 나누어줄 것이지만 여의도 친구는 내가 고른 것을 좋아하기는 할까?.

금연

한국은 세계에서 담배를 가장 많이 피우는 나라다.

정부는 담배값 올려서 흡연율을 줄이려는 노력을 시도하는 모양인지 뉴스에서 방방 떠들고 있다. 함께 텔레비전을 보고 있던 남편이 값을 올리면 사람들이 담배를 덜 피울 거 같으냐고 묻는다.

나는 단호하게 아니라고 대답했다. 근거도 없으면서 그리고 담배값을 올려 흡연율을 줄였다는 프랑스 같은 실례를 보면서도 자신감 넘치게 '노'라고 할 수 있었던 것은 담배를 그렇게 많이 피울 수밖에 없을 때는 그럴 만한 이유가 있을 거라는 생각 때문이다. 담배를 가장 많이 피운다는 것은 뒤집어 생각하면 그만큼 스트레스가 심한 나라라는 뜻은 아닐까?

나는 평생 담배를 피운 일이 없지만 남편은 한때 아주 많이 피웠던 전력이 있다.

삼사십 년 전만 하더라도 남자들은 대부분 고등학교 3학년 또는 대학에 들어가면 으레 담배를 피웠고 간혹 안 피우는 사람이 있을 정도였다. 담배가 건강에 얼마나 나쁜지 이렇게 낱낱이 밝혀지기 전의 일이었다.

남편도 대학에 들어가면서부터 피웠다는데 유학 시절에는 평균 하루 한 갑 이상 피웠으니 지금 생각해보면 비용도 만만치 않았지만 대단한 애연가였다.

1980년 서울에 와서는 수도 없이 금연을 시도하고 있었지만 성공하지 못하고 있었다. 그 무렵 큰애는 초등학교에 들어갔는데 만화를 무진장 좋아했다. 같은 반에서 한글을 깨우치지 않고 학교에 들어간 아이는 자기 하나뿐이었는데도 공부는 안 하고 매일 텔레비전 만화만 봤다. 남편은 아이가 공부를 좀 해야 할 때가 되었는데도 책은 안 읽고 만화만 보고 있다고 여러 번 지적했다.

큰애는 아빠가 담배를 못 끊는 것처럼 자기도 만화를 포기하기는 것이 불가능이라는 생각을 했는지 아버지가 담배를 끊으면 자기도 만화를 끊겠다는 놀라운 제안을 했다. 그리고 얼마 걸리지 않아 한 사람은 담배를 한 사람은 만화를 끊었다. 나로서는 예상치 않았던 놀라운 결과였다. 큰애는 대학 들어가서는 물론이고 군대 가서조차도 담배를 피우는 일이 없었다.

그 뒤로 우리 집은 금연문화가 자리잡은 줄 알고 살았다.

둘째가 대학 들어가던 2000년에는 여학생 흡연율이 남학생보다 더 높다고 할 정도로 남자들이 담배를 안 피우는 시대가 되어가고 있었다. 가끔 둘째의 빨래에서 담배 냄새가 나긴 했지만 집에서 피운 일이 없었기 때문에 담배를 많이 피우는 친구들과 놀다 들어와서 그렇겠지, 했다. 군대 가서 피우기 시작했다는 사실을 모르고 있었을 뿐이었다.

그리고 5년 전 가정의학 전공으로 개업의였던 내 막내동생이 40세 나이에 자기 병원에서 일하다가 심장마비로 세상을 뜨는 불행을 겪었다. 막내동생은 물론 평생 담배 피운 일이 없는데도 그리고 의사였으므로 이런저런 건강관리를 잘하고 있었음에도, 불구하고 그런 일을 당했다.

동생의 돌연사는 자기 식구들은 물론 우리 형제들에게 여러 가지로 큰 충격을 주었다. 그 충격이 얼마나 컸는지 둘째는 그야말로 한방에 담배를 끊었다. 그리고 나한테 자기 스스로 담배를 피우고 있다가 충격받아 끊은 사실을 고백했다.

담배를 끊는다는 것 절대로, 절대로 쉽지 않은 일이다.

통일

통일에 관한 논의가 전혀 없다가 8.15 경축사에서였나 대통령이 갑자기 통일세를 언급하니 뭐랄까 어리둥절한 기분이었다. 경제대통령이어서 그러나?

통일에 대비해서 다시 말하자면 북한이 붕괴하면 어떡하나 일본은 벌써부터 준비하고 있다는 얘길 들은 적이 있고, 미국도 노상 골머리를 앓고 있음에도 우리는 이 문제를 공적으로 언급하는 것조차 못했던 아니 안 했던 이유가 뭘까 하는 생각을 해본다.

지난 주, J일보에는 베를린 장벽이 무너지기 2년 전인 1987년 빌리 브란트 전 독일 총리가 한국과 독일 중 어느 나라가 먼저 통일이 될 것 같으냐는 어느 기자의 질문에 아마도 한국일 것이라고 대답했었다는 일화가 소개됐다. 그러고도 몇 년이야?

통일되면 그에 따른 비용을 제일 먼저 걱정하는 것 같지만 막상 닥치면 서로 다른 언어는 어떻게 소화할 것이며 교육 문제 어떻게 할 것인지?

남북의 재산 문제는 어떻게 해결할 것인지? 하는 것들이 학술대회에서 다루어지고 있는 이슈라고 한다. 사실 교육이나 언어 또는 재산 문제는 고상한 스토리들이고 북한과 남한이 얼마나 다른 세상을 살고 있는지 생각한다면 통일로 오는 대혼란 그것이 제일 큰 문제일 것이다.

지금도 초등학교 교과서에 실리는지 모르지만 어릴 때 부르던 노래가 생각난다.

"우리의 소원은 통일, 꿈에도 소원은 통일

이 목숨 바쳐서 통일, 통일이여 오라.

이 겨레 살리는 통일, 이 나라 찾는데 통일

통일이여 어서 오라. 통일이여 오라."

언젠가 문화센터의 수필창작 시간에 이명박 대통령이 통일에 관해 철학이 있는 것 같지 않다는 발언을 해서 후회했지만 이 시점에 와서는 통일에 대해 철학이든 역사든 따지지 말고 이 노래 가사처럼 맹목적이어야 하는 것 아닌가 하는 생각이 든다.

지금이 어떤 시대인데 목숨 바칠 사람 있겠어?

통일이 어떻게 겨레를 살려?

오히려 남한의 선진국 진입을 몇 년 또는 영원히 지연시키지 않겠어?

이 나라 찾는다니, 찾긴 뭘 찾아?

두 나라로 살아가면서 각각 또는 따로 똑같이 발전한다면 더 좋은 일 아니겠어?

…

그렇게 생각할 수도 있는 일이다. 그렇지만 우리가 어떤 백성들인가를 생각해보면 별반 걱정하지 않아도 될 것 같다는 생각이 든다. 이어령은 올림픽 때 우리는 신이 나면 잘하는 민족이라고 했지만 나는 오히려 시련이 있을 때 더 잘하는 사람들이 아닌가 하는 생각을 한다.

하느님은 우리에게 극복하지 못할 시련은 주시지 않는다는 성경 구절도 있지만 누군가의 시詩였나? 절벽에서 떨어져서야 날개가 있음을 알았다고 하는.

우리, 가까이 있는지 멀리 있는지 모르겠지만 우리에게 날개 있음을 보일 때가 언젠가는 오지 않을까?

수급 불균형

금년 3월 『이코노미스트』 잡지에 커버스토리로 나온 '젠더사이드Gendercide'에 따르면 남아선호사상 때문에 희생되는 영아 수가 세계적으로 억 명에 이른다면서 대표적인 나라로 중국, 인도와 더불어 한국을 꼽았다.

여자 100명 당 남자 수가 105라야 자연스러운 성비라는데 우리나라는 1990년에 117로 세계 최고를 기록했다가 점점 낮아지는 추세이긴 하지만 2000년과 2005년 사이의 데이터는 중국이 124로 최고를 기록하고 있고 우리나라도 110으로 5위를 달리고 있다.

다시 말하면 1990년에 태어난 아이들이 결혼적령기인 2020년에 이르면 처녀 100명당 총각은 117명이 된다는 뜻이고, 국제결혼이 많은 농촌 가정의 자녀들은 그때쯤이면 벌써 50%가 혼혈이 될 것이라고 한다.

지난 주에는 멀리 가느라 콜택시를 탔는데 운전기사가 자기는 이 동네 토박이라고 하면서 말을 붙이더니 45세 되도록 장가도 못 갔노라고 한다. 내가 별생각 없이 노처녀들 흔한데 왜 여태 안 갔냐고 했더니 자기 주변에는 노처녀가 하나도 없다고, 아니 전혀 없다고 하면서 얼마 전 선본 얘기를 한다.

딸이 하나 있는 여자를 주변에서 보라고 소개해줘서 만났는데 괜찮은 것 같아서 해볼까 했더니 여자가 이 담에 자기 딸을 대학 보내주겠다는 각서를 쓰라고 하더라는 것이다. 자기도 대학을 못 갔는데 데리고 올 딸을 대학 보내달라고, 그것도 각서까지 쓰라고 하니까 황당해서 그만두었노라고 했다. 남의 일이지만 기가 막히고 어처구니가 없었다. 결혼해 살면서 여유가 생겨 보낼 수 있으면 보내달라고 하는 것도 아니고 각서를 쓰라니?! 남의 일이지만 같이 흥분하지 않을 수 없었다.

미국 포드 대통령의 어머니가 어린 아들, 자기를 데리고 총각한테 시집갔다는 얘기를 텔레비전에서 보고 너무 놀랐던 일이 있긴 하지만 그건 딴 나라 얘기다. 우리나라에서는 옛날부터도 아이 딸린 남자는 처녀 결혼하지만 애 딸린 독신녀가 총각한테 시집가는 일은 주위에서 별로 들어보지 못했던 터라 세상이 변해도 이렇게 많이 변할 수가 있나 싶다.

그래도 아직 결혼적령기 남녀 성비가 불균형은 아니라고 하는 것을 보면, 단지 농어촌에는 처녀들이 부족하고 서울에는 그 반대인 모양이다. 사실 농촌에서 결혼을 못한 총각들이 동남아시아 처녀들을 데려다가 장가드는 것은 어제, 오늘 일이 아니다. 2008년에 이미 국제결혼이 11%에 달했는데 그것도 대부분 한국 남자와 외국 여성 사이의 결합이었다.

지난 봄 미국 아들네에 가 있는 동안 텔레비전에서 본 토크쇼 생각이 난다.

흑인 여성 다섯 명이 나왔는데 모두들 소위 말하는 명문대 출신에다가 변호사, 의사, 박사 등 전문직인데 자기들은 결혼할 생각을 아예 안 하고 산다고 했다. 마땅한 상대가 없기 때문이라는 것이다. 그 쇼를 보면서 우리나라에는 '중매'라는 것이 있어서 좋구나. 미국에는 그런 것도 없으니 대학 다니는 동안 상대를 못 만나면 직장에서 만나야 하는데 전문직일수록 만나기가 어려워지는구나 싶었다.

그렇지만 요즘 주변 사정을 보면 '중매'라는 관습이 있으면 뭐해? 고학력 전문직 여성에 어울리는 신랑감들이 턱없이 부족하다는데? 더구나 중매는 비즈니스 비슷한 속성이 있어서 조건을 따지는데 요즘 아이들은 조건만 맞아도 안 되고, 필feel이 꽂혀야 한다니 매달 대학 동기 모임에 나오는 친구들은 딸들이 시집 안 가서 우울증에 걸릴 지경이라고 하소연한다. 옛날 동료 교수는 만날 때마다 자기가 지도한 37살짜리 박사 제자 신랑감 구해달라고 통 사정이다. 요즘은 연하의 남자와 결혼하는 것이 점점 흔해지고 있다는데 그렇게 하면 수급 불균형을 조금이나마 조절할 수 있을까?

혼하는 것이 점점 흔해지고 있다는데 그렇게 하면 수급 불균형을 조금이나마 조절할 수 있을까?

외할머니의 고구마밥

　어린 시절 제주도에서는 양식을 아낀다고 특히 겨울에 점심으로 고구마를 먹는 집들이 있었다. 찐 고구마를 뜨거울 때 김치와 함께 먹으면 목이 안 마르고 훌륭한 식사가 된다.

　나는 초등학교를 졸업할 때까지 외가에서 자랐다. 한 울타리에서 살았지만 외할머니와 우리는 밥을 함께 먹는 한솥밥 식구는 아니었다.

　외할머님은 매일 잡곡밥을 지으셨는데 그것도 커다란 무쇠솥에 할아버지와 두 분이 드시기에는 어마어마하게 많은 양의 밥을 지으셨다. 우선 보리쌀과 팥은 따로 삶아서 손수 농사지으신 '산디'라는 밭에서 나는 쌀과 함께 넣고 밥물이 끓어오르면 조를 위에 살살 뿌려 뜸을 들이는 것이다. 물론 쌀이 비싸니까 잡곡을 드셨지만 요즘 기준으로는 진정한 의미의 영양식이었다.

외할머니가 그렇게 많은 양의 밥을 지으시는 이유는 오라 그 위에 있는 산 중턱에 사는 아낙들이 그때는 연탄이 나오기 전이었으므로 땔감용 나무를 등짐 지고 와서 장에다 팔고 돌아가는 길에 외할머니 부엌에 들러서 점심을 드시라고 준비해두는 것이었다.

6·25 직후에는 피난민들이 몰려와서 밥만 먹여주면 일하겠다는 사람들을 식구들보다 훨씬 많이 데리고 사셨던 이유였는지 모르지만 세월이 흐르면서 하나둘 다들 떠나고 난 뒤에도 밥을 많이 지으시던 습관을 버리지 못했기 때문인지도 모른다.

그 시절 반찬은 김치 외에 멸치젓이나 갈치젓 또는 자리젓이 있는데 된장국을 늘 끓여놓았지만 불을 지펴서 데워야 하는 번거로움 때문인지 그 분들이 국을 드시는 모습은 별로 본 일이 없는 것 같다. 무지막지하게 큰, 지금 생각하면 두 되들이, 노란 알루미늄 주전자에 결명차를 끓여두고 있었는데 그걸 국보다 더 좋아하는 것 같았다.

낯선 사람들이 외할머니 부엌에서 식사하는 모습을 종종 보긴 했어도 별 관심이 없다가 어느 날 이 집은 자기들한테 이렇게 베푸니 틀림없이 자손들이 잘될 것이라는 덕담하는 걸 엿들은 것이 뭔지 모르게 나한테는 살아가면서 풀어야 할 화두가 되었던 것 같다.

자손들이 잘되었는지는 아직 사는 중이어서 모르겠지만 그렇게 베푸셨던 외할머니의 덕행은 나를 선두로 열아홉 명의 외손자 외손녀 중 아무도 따라갈 수 없는 경지였다는 것만은 분명하다.

위가 안 좋으셨던 어머니는 보리를 넣긴 해도 외할머니가 쌀밥 먹으면 동네 부끄럽다고 야단치기 때문에 눈가림용으로 지으시던 보리밥이어서 쌀밥이나 다름없었다.

겨울이 되면 외할머니는 잡곡밥에다 고구마를 각두기처럼 썰어 넣고 여전히 보리, 팥, 조 그리고 '산디'가 들어간 밥을 지으셨는데 나는 고구마밥을 어머니의 쌀이 위주인 보리밥보다 훨씬 좋아했다. 잡곡밥 속에 들어 있는 고구마를 골라 먹는 재미는 어머니 같으면 그렇게 양푼 안의 밥을 쑤서대는 짓을 못하게 하겠지만 외할머님은 그냥 미소 지으며 한없이 자애로운 얼굴로 무슨 짓이든 하게 두시므로 더 맛이 있었다.

고구마는 식이섬유가 많아 변비뿐만 아니라 대장암이나 비만을 예방한다고 하고 콜레스테롤을 낮추는 펙틴이 들어 있고 피부노화 방지에 좋다고 한다. 칼륨 함유량도 많아서 혈압을 높이는 소금 성분인 나트륨의 체외 배설을 도우므로 고혈압 환자에게 이롭다고 한다.

그래서인지 요즘 주변에서 고구마로 아침 식사를 하는 분들을 많이 본다. 미국에서는 70 넘은 분들이 체중감량을 위해 고구마로 저녁 식사를 하는 것이 유행이라고 들었다.

어릴 때 그렇게 좋아했던 고구마밥을 지을 생각을 왜 한번도
안 했는지 모르겠다. 그건 외할머니만의 메뉴라고 생각해서였
는지도 모르지만 이번 겨울에는 꼭 한번 해봐야겠다.

혼자 노는 거

6남매의 장녀로 태어나서 5남매의 맏며느리로 들어가 여덟 살 터울로 세 아들을 두게 되었던 그때, 일밖에 없는 것 같았던 40대, 하루하루를 사는 것이 피륙을 짜는 것 같다고 느꼈던 시절이 있었다. 내가 쉬는 시간은 오직 운전하며 직장에 오가는 시간뿐이라고 생각할 정도였다. 사실은 그 시간마저도 온전히 자유롭지 못했다. 출근하면서는 학교 가서 무슨 일을 해야 하는지 계획해야 했고 퇴근하면서는 저녁 메뉴와 이튿날 아침 도시락 반찬을 걱정해야 했다. 한번 그렇게 생각하기 시작하니 내가 하는 모든 짓이 일이 되어버렸다. 백화점에 쇼핑 가는 것도 친구들과 전화로 수다 떠는 것도 모두 일처럼 느껴졌다. 혹시 나는 놀 줄 모르는 사람은 아닐까 하는 회의에 빠지기도 했다.

요즘의 20대는 혼자 노는 것을 즐긴다고 한다. 친구가 없어서가 아니라 혼자라는 자유로움, 즉 여럿이 놀 때와는 달리 '자기 맘대로' 놀 수 있는 즐거움 때문이라고 한다. 충분히 이해가 간다. 나도 그런 경험이 있기 때문이다.

미국서 큰 애가 네 살 때 대학원에 들어갔는데 이듬해 남편이 서울에 취직이 되었다고 아이까지 데리고 귀국해버렸다. 난생 처음 혼자 지냈던 1년이었다. 아파트에 혼자라는 것이 싫어서 깨어 있는 시간은 온통 학교에 가 살았는데 금요일 저녁은 주말이 시작되어서 그런지 학교도, 도서관도, 컴퓨터센터도 썰렁하기 그지없었다.

혼자라는 걸 느끼기 싫어서였겠지?

금요일 저녁에는 식구들이 있을 때 잘 다니던 쇼핑몰에 가서 어슬렁거리며 물건을 사거나 안 사더라도 사람 구경하고 혼자 저녁을 먹거나 커피를 마시기도 했다. 처음에는 모든 것이 어색하기 그지없었지만 조금 지나니 재미있어지기 시작했다. 옷 하나 사려면 입어봐야 하는데 식구들 기다리게 하는 게 미안해서 쫓기듯 하지 않아도 되고 샌드위치를 먹고 싶은데 식구들이 좋아하는 메뉴로 양보하지 않아도 되니 좋았다.

아직 20대인 둘째아들은 언제부터인지 주말이면 노상 홍대 입구에 가서 논다고 했다. 어떻게 노는지 궁금해서 어느 날 나도 한번 따라가 보자고 했다. 엄마가 가보고 싶어하는 것이 기상천외라는 듯이 놀라며 "31세 이상 입장 불가예요. 저도 몇 년 안 남았어요"한다. 홍대 앞에 가는 연령층이 20대가 73%로 주류를 이룬다고 하더니 알 만하다.

혼자보다는 모여서 노는 걸 더 좋아한다는 50대 중년여성들은 어떻게 노나?

건강에 관심이 많은 나이여서 그런지 단연 등산을 많이 하는 것 같다. 구민회관이나 복지관, 또는 백화점 문화센터에서도 스포츠댄스, 요가, 벨리댄스, 고전무용 같은 건강 관련 프로그램에는 50대 참여도가 제일 높다고 한다. 노래방 좋아하는 사오십대는 많이 봤지만 PC방 좋아하는 중년여성은 별로 본 일이 없는 것 같다.

환갑을 넘긴 나는 어떻게 놀고 있나?

백화점 문화센터에서 네 강좌나 듣고 있고 동사무소 자치회관에서 요가를 배운다. 아파트 입구에 화단 가꾸기는 겨울이라 쉬지만 베란다에는 서른 개도 넘는 크고 작은 화분들을 키우고 있다. 책 읽기는 빼놓을 수 없고 메일 쓰는 것도 수필 쓰기도 한다. 백화점 쇼핑은 친구가 가자고 할 때 가지만 사야 할 물건이 있을 때는 혼자서도 잘 다닌다.

그러고 보니 나도 참 혼자 노는 거 많이 하네.

제3장

요즘의 아이러니

오 마이 프라이드

여의도 친구가 고등학교 동기 모임에서 아들이 벌써 전부터 선을 보고 있는데 잘 안된다고 얘기했더니 강남 사는 친구가 아들 차를 외제 차로 바꿔주라고 하더란다. 물론 농담 반 진담 반으로 한 얘기겠지만 차가 지니는 위상을 다시 한번 생각하게 하는 일화가 아닐 수 없다.

나는 1991년 여름에 난생 처음 내 차를 샀다.

여의도에 살 때는 통근버스를 이용할 수 있어서 좋았는데 목동으로 이사 오니까 출퇴근 때 대중교통을 이용하는 데 시간이 너무 많이 걸렸다. '프라이드'를 선택한 이유는 우리 집으로선 남편 차가 있었으니까 세컨드 카였고 당시로서는 소형에다가 가격도 제일 저렴했기 때문이었다.

미국에서 유학 생활할 때 지금은 멸종한 이탈리아 차 피아트와 중고차 뷰익을 몰아본 일이 있긴 하지만 둘 다 모두 남편 차였지 내 차였다는 생각이 없었기 때문에 결국 마이카로는 최초의 차였다.

프라이드는 단연 장수했다. 그리고 우리가 써본 외제 차, 국산 차, 새 차, 중고차, 이런저런 차 중에서 단연 으뜸이었다. 우리나라 사람들이 평균 6년마다 차를 바꾼다는데 15년 동안 바꾸지 않았던 이유는 고장이 단 한번도 나지 않았기 때문이었다. 학교에서 보내는 시간이 집에서 보내는 시간보다도 더 길었던 때였으므로 더구나 다른 데 갈 때는 차를 별로 쓰지 않았으므로 구태여 꼭 바꿔야 할 이유가 없었다.

언젠가 사은회를 호텔에서 하던 시절의 일이다. 프라이드를 몰고 갔더니 주차요원이 아주 면박을 준다. 어떻게 프라이드를 몰고 자기네 같은 고급 호텔에 왔느냐는 식의 푸대접이다. 더구나 주차 공간이 모자라는데 버젓이 한 칸을 차지한다고 이미 주차된 차를 "저기 저 구석에 넣을 수 있잖아요!" 하는 식이다. 그럴 때 기분이 안 나빠지는 '내'가 참 신기했다. 언젠가는 노장파, 우리는 우리 또래보다 한 세대 위인 교수들을 그렇게 불렀는데, 선배 교수가 차를 바꾸라고 하면서 "우리 캠퍼스에 프라이드는 단 하나야. 전기기사도 프라이드는 안 몰아!" 충고하셨을 때도 나는 비실비실 웃고 있었다.

2006년 퇴직하고 조기유학 가는 막내 뒷바라지한다고 미국에 따라가서 차를 살 때 난생 처음 내 주장을 폈다. 혼다 팬인

아들 며느리 의견을 누르고 가장 많이 팔린다는 토요타 캠리로 결정한 것은 살아보니까 많이 팔릴 때는 다 이유가 있더라는 다수의 선택에 대한 신뢰 때문이다.

벤츠나 BMW를 모는 사람들이 들으면 코웃음칠 평인지도 모르지만 몰아보니 차가 정말 좋았다. 15년 동안 왜 프라이드를 고집했나? 내가 바보천치였구나 싶었다.

아직도 대학원 다닐 때 구매한 혼다 어코드를 몰고 다니는 큰아들한테 얘기했다.

"평생 비싼 옷 안 입고 산 것은 후회가 안 되는데, 프라이드 몬 것은 후회가 된다"고 했다.

그랬더니 "그래서 저를 유학 보내주셨잖아요!" 한다. 이 아이가 뭔가를 알고 하는 얘긴가? 정말 이 아이 유학자금 때문에 차를 못 바꿨을까? 지금은 내 차가 없다. 직장 다닐 때보다 더 돌아다니면서도 마이카를 장만할 생각을 못하는 것은 이 나이에 소형차로 가긴 싫고 캠리보다 더 좋은 차를 구비하기엔 비용이 너무 든다. 결국 내 차는 프라이드 하나로 끝났다고 생각하니 고마우면서도 미련했다는 생각이다.

성공의 의미

미국 필라델피아에서 사립대학에 다니고 있는 막내가 작은 형한테 자기 전공이 적성에 맞는 것인지 갈등이 생긴다고 하는 메일을 보내왔을 때 회사에 다닌 지 4년 차인 둘째는 세상에 박지성이나 김연아 선수처럼 자기 적성을 100% 발휘하는 사람들은 몇 되지 않으니 그냥 꾸역꾸역하고 있으라는 답 메일을 보냈다고 한다. 박지성과 김연아 선수야말로 이 시대 성공의 대명사가 아닌가? 이 얘기를 들은 뒤부터 나는 성공의 의미가 무엇일까 하는 생각을 종종 하게 되었다.

나는 과연 성공했나?

어릴 때 엄마가 사업에 실패해서 빚을 많이 졌고 그로 인해 고달팠던 일상으로 인해 나는 크면 절대로 빚을 지지 않고 살겠다고 결심했다.

그리고 결혼해서 8년 뒤 처음으로 집 장만을 한 몇 년 동안을 제외하고는 지금까지 빚을 진 적이 없다. 백화점의 무이자 할부도 빚으로 생각되어 노상 일시불을 부르짖는다. 지금까지 빚지지 않고 살아왔다는 의미로 나는 성공했다고 할 수 있다.

대학 다닐 때 S는 정말 친한 친구였다. 미래에 대해 어떻게 저렇게 뚜렷한 목표가 있을 수 있나 싶은 것이 신기할 정도였다. S는 3학년 때 미국으로 유학 가서 대학을 나오고 코넬대 대학원에서 과수학을 전공하다가 식품학을 공부하던 남편과 만나 결혼하더니 박사과정을 도중하차하고 뉴저지에서 식품첨가물회사를 차렸다. 돈을 원 없이 벌어봤다고 할 만큼 '성공'해서 요즘은 일 년에 두 번씩 서울에 다녀간다.

친구 S가 명품족도 아니고 그렇다고 얼마 벌었다고 재산 자랑하는 사람이 아닌데도 왠지 모르지만 친구를 만나면 이 물질문명의 시대에 내가 과연 잘 살아왔는지 회의가 들곤 한다. 그리고 성공의 의미가 돈을 얼마나 많이 벌었느냐 하는 것이라면, 나는 성공하지 못했다고 생각한다.

십여 년 전에 『타임』에서 읽은 기사가 여태껏 잊히지 않는다.

미국 사람들은 성공의 조건으로 첫째 지능, 둘째 외모, 셋째 매력charm, 그리고 넷째로 운을 꼽는다고 했다. 그 글을 읽으면서 지능도 반은 타고 나야 하는 것이고, 외모도 요즘은 집을 고치는 것보다 쉽게 뜯어고치는 시대이긴 하지만 어느 정도는 타고 나야 하는 것이고, 매력이라는 것도 노력한다고 있는 것일까?

그때는 미국 사람들에게 성공의 의미가 어떻게 정의되는가는 염두에 두지 않고 읽었고 다만 지능도 외모도 매력도 모두 반 이상은 타고 나야 하는 것이니 결국 성공의 조건 네 가지의 반 이상은 운이 아닐까 하는 생각을 했었다는 것만 지금까지 기억에 남는다.

대학 나오고 대기업에 취직해서 연봉 5천만 원을 받는다고 해도 집 장만하려면 30년이 걸린다는 세대인데 아이러니컬하게 이들에게 성공의 의미는 대박나는 것이라고 한다. 대박도 그냥 대박이 아니고 박지성이나 김연아와 같은 대박이라야 한단다.

사전적인 의미로 성공이란 '1) 목적 또는 뜻을 이룸 2) 사회적인 지위를 얻음'이니까 자기만의 목표를 세우라고 하고 그것을 달성하면 성공한 것이 아니겠느냐고 한다면 먹혀들까?

둘째동생도 어릴 때 빚 안 지고 살겠다고 결심했고 또 그렇게 살았노라고 자부하던데 다음세대들 보고 우리처럼 그렇게 빚지지 않고 사는 것을 인생 목표로 하라고 하면 "잠꼬대하고 계신 거 아닌가요?"라고 할까봐 말도 못 꺼낸다.

장수 리스크

작년 12월 초 남편은 직장 일로 바빠서 자기 고등학교 친구들 부부 동반 송년회에 나보고 혼자 가라고 했다.

근간 얘기들을 하면서 치매병원에 계신 우리 시어머님이 틀니를 변기에다 버린 얘기를 꺼냈더니 친구 부인이 자기 시아버님은 지금 91세이신데 64세부터 중풍으로 투병 중이라고 했다. 그간의 에피소드는 말로 다 할 수가 없다고 하면서 내 얘기는 들어주지도 않는다.

죽기 전에 투병하는 데 쓰는 비용이 평균 1억 정도 된다는 얘기를 들은 지 꽤 되었다. 그 시아버님 같은 경우에는 1억으로 되겠나 싶은 생각이 들었지만 점잖은 사이라 물어볼 수도 없었다. 64세부터 91세라면 27년인데, 교직에 계셨던 분이라 연금을 받기는 하겠지만 그 비용을 다 계산할 수 있을까?

지난 주 다이소에서 주먹만 한 화분을 몇 개 샀더니 부딪쳐서 깨지지 말라고 싸준 신문지 조각에 나온 '은퇴 생활비 예상보다 2배 더 든다'라고 하는 타이틀의 경제신문 기사가 시선을 사로잡았다. 얼핏 보기엔 은퇴하면 월 생활비가 예상보다 두 배로 많이 든다는 뜻인 거 같아서 속으로 '이거 큰일났네' 싶어 읽어보지 않을 수 없었다.

내용인즉 은퇴했는데도 월 생활비가 두 배로 든다는 뜻이 아니라 한국인의 평균 수명이 우리가 인식하는 것보다 훨씬 빠르게 늘어나서 은퇴 후 생존 기간이 우리가 예상하는 것보다 훨씬 길어지고 있다는 얘기다.

장수長壽 리스크risk란 본인이 예상한 것보다 오래 사는 것이 리스크라는 얘기다. 예상 은퇴 기간 대비 예상하지 못한 은퇴 기간의 비율이다. 장수 리스크가 0.80이라고 하는 것은 은퇴 후 생존 기간이 자신이 예상했던 것보다 80% 더 오래 산다는 뜻이다. 예를 들면 자기는 은퇴하고 20년 더 살 것으로 예상했는데 실제로는 36년을 더 산다는 것이다.

미국, 일본, 영국 등 선진국들은 장수 리스크가 0.33~0.37인데 비해 한국은 0.87로 두 배 이상 높다고 한다. 거기다 인플레이션까지 고려하면 한국은 본인이 예상하는 것보다 은퇴 생활비가 두 배 정도 더 든다는 계산이 나온다.

은퇴 후 소득이 얼마인가 하는 지표로는 소득대체율이라는 용어를 쓰는데 '은퇴 후 소득'을 '은퇴 전 소득'으로 나눈 수치다. 소득대체율이 100%에 가까울수록 은퇴 전과 다름없는 생활을 유지할 수 있다는 의미다.

미국의 소득대체율이 78.8%, 캐나다가 72.6% 영국이 70.0%인데 반해 우리나라는 56.0%밖에 안 된다. 은퇴 전에 월수입이 100만 원이었다면 은퇴 후에는 56만 원밖에 안 된다는 뜻이다. 그러니 노후소득으로 생활을 감당하기 어려워 예금이 있는 사람들의 경우에는 깨어 쓸 수 있겠지만 그렇지 않으면 집을 줄여가면서 적자를 메워야 하는 수밖에 없다.

집을 줄여갈 수 있을 정도로 크다면 또 모를까 그렇지도 않다면 어떻게 할까?

'역모기지론'이라고 하는 장기주택 저당 대출이 있다. 한국금융공사가 정의하는 주택연금은 "집은 가지고 있지만 소득이 부족한 어르신들께서 매달 안정적인 수입을 얻을 수 있도록 집을 맡기고 평생 생활비를 받는 제도"다. 이용 자격은 부부가 다 60세 넘어야 하고 1세대 1주택자여야 하며 대상 기준은 시세 가격으로 9억 원 이하의 주택이어야 한다. 9억이 고가 주택을 가르는 기준이기 때문이다.

서울의 주택보급률이 100%를 넘었다고 하지만 실지로 집을 소유한 사람들은 55%라고 하는데 나머지 무주택자들은 어떻게 해야 하나?

요즈음의 아이러니

나는 천성적으로 서두르지 않는 경향이 있다. 좋게 말하면 타고난 양반 기질이고 나쁘게 말하면 뭐든 속도를 내야 가치가 있는, 특히 정보란 적시성適時性이 있어야 가치를 지니는 시대에 맞지 않는 사람이다.

전광석화 같아야 할 이 시대에 '느림보'다.

뒤늦게 여동생을 시켜 법정 스님의 책을 구하고 있는 것도 그중 하나다. 물론 서거 당시 나는 미국 아들네에 머무르고 있었다. 그러나 집에 온 후 반 년이 지난 이제 겨우 그 생각이 났다. 법정 스님은 돌아가시면서 왜 당신 책을 판금시켰는지 그 깊은 속을 알 수 없고, 살아 계셨을 땐 왜 그렇게 광고까지 하면서 파셨는지 더욱 알 수 없지만 나처럼 타고난 느림보한테는 가혹한 처사가 아닐 수 없다. 벌써 늦어버렸는지 인터넷으로도 구할 수 있는 책이 몇 권 안 된단다.

법정 스님 글 좋아한다면서 명품만 찾더라는 임헌영 선생님의 비판도 신랄했다. 왜 사냐면 웃지요.

연평도사건으로 전쟁 나는 거 아닌가 싶게 온 나라가 근심 걱정이었는데 두어 달도 채 안 되어 언제 그랬더냐? 싶게 까마득히 다 잊어버리고 지금은 심정적으로 구제역과 전면전이다.

모 대형 마트에서 미국산 소고기를 할인 판매한다니까 두 시간 이상 줄을 서고도 동이 나서 못 샀다는 뉴스를 텔레비전으로 보면서 상당히 어리둥절했다. 미국산 소고기 안 먹겠다고 수입하지 말라고 아니 우리한테 팔지 말라고 촛불시위하던 때가 언제였더라? 촛불시위 때문에 강남에 고깃집 차렸던 내 동생은 복구불능으로 깡그리 망했는데 말이다.

불교계가 구제역으로 매장당하는 소들을 위해 제를 지내는 것은 나를 더욱, 더 어리둥절하게 했다. 구제역으로 안 죽었으면 우리 입으로 들어갔을 소들이 아니었던가?

객지 생활 40년 만에 드디어 돼지고기는 역시 고향 제주산이 좋겠다는 깨달음을 얻었다. 육류는 어차피 얼렸다 먹는 시대가 아닌가? 참말로 늦게나마 겨우 생각났다는 것이 스스로 기특했다. 아는 집에 부탁해서 좀 사 보내달라고 했더니 좋은 고기는 서울 유명 백화점들이 와서 싹쓸이해갔다고 한다. 오히려 거기 백화점에 가면 좋은 게 나와 있을 거라는 전갈이다.

구제역으로 소고기, 돼지고기 가격 오르니 덩달아 생선값도

올랐는데 그중에서도 오메가3가 많다는 등 푸른 생선의 대표주자 고등어 가격이 더블이 되었다. 덕분에 공기 맑고 물 좋은 바다에서 자랐다는 노르웨이 수입 고등어까지 먹어보는 호강하게 되었지만 도무지 언제부터 우리가 생선이 자라난 바다의 오염 정도까지 파악해야 하는 처지야?

'밤새 안녕하십니까?' 한다더니 일본을 침몰시키는 무시무시한 쓰나미는 아둔한 나까지 불안, 초조하게 만든다. 아무리 예쁜 짓 해도 안 예뻐 보이던 일본인데 왜 이리 측은지심인지 알다가도 모를 일이다. 측은지심은 사랑의 출발이라는데.

우리를 36년씩이나 지배해서 있는 자존심, 없는 자존심 다 뭉개 놓았던 죄 '어찌 용서하오리까?' 싶던 이웃인데 저들이 뭘 잘못했다고 자연은 저들에게 그렇게 혹독한 시련을 주시나 싶은 마음이 드는 것은 웬일일까? 운동 경기도 다른 나라하고 지는 것은 상관없지만 죽어도 철천지원수 일본에 져서는 안 된다고, 다른 경기 중계는 보지도 않으면서 기도하는 심정으로 응원하며 지켜보는 나인데. 하늘도 무심하시지. 나의 변심은 진정 일시적인가?

토론토에서 온 동서

오랜만에 안부를 묻는 막내동서의 목소리가 너무 가라앉은 것을 전화로도 확연히 느낄 수 있었다. 왜 그러느냐니까 친정 어머님이 많이 안 좋으시다고 한다. 나는 대뜸 너무 늦기 전에 한번 다녀가라고, 빨리 서두르라고 했다.

그리고 3일 후 사돈어른의 부음을 듣고 수원의료원에 문상을 갔는데 막내동서는 이튿날 아침 도착 예정이란다.

막내동서가 캐나다로 이민 간 지 햇수로 10년이 된다.

1997년 IMF 때문에 사업하던 시동생이 부도나서 회생 불능일 정도가 되자 자영업하기 전에 건설회사에서 10년 이상 일했던 경력으로 기술이민을 신청했다. 이민 허가가 나오자 고등학생, 중학생이던 두 딸을 데리고 먼저 떠나고 목동에서 과외선생으로 수입이 좋았던 동서는 초등학생이던 막내아들과 함께 1년을 더 버티다 그 이듬해에 갔다.

서울 한번 나오기가 그렇게 어려운지 이 핑계 저 핑계로 미루더니 친정어머님이 돌아가시자 어쩔 수 없이 서울에 왔다.

10년 세월이 그냥 가지 않겠지만 머리가 반백이 된 시동생에 비해 동서는 많이 늙지 않았다. 우리들의 대화는 주로 언제 아이들 교육이 끝나느냐와 노후대책은 어떻게 할 것인가로 좁혀져 있었다. 토론토에서 유통회사에 근무하는 시동생은 57세인데 서울에 와보니 의사와 교수 친구를 제외한 다른 친구들은 전부 놀고 있다면서 어떻게 생활을 꾸려나가고 있는지 의아해했다.

동서는 토론토에 가서도 처음 6년 동안은 과외선생을 했는데 근 3년 동안은 통 학생이 없다고 한다. 조기 유학 오는 학생들도 많이 줄었지만 따라온 엄마들도 아이들 과외는커녕 어떻게 하면 파트타임 일이라도 해서 용돈이나마 벌 수 있을까 하는 궁리만 한다고 했다.

큰딸은 지난 달부터 취직해 다니니 걱정 없고, 회계학 전공하던 둘째딸은 수학교사가 되겠다고 목표를 변경했기 땜에 앞으로도 대학을 5년은 더 다녀야 취직이 될 것이고 치대 들어간 막내아들 역시 5년은 더 다녀야 경제적으로 독립할 것 같다고 한다.

서울에 와보니 친정 조카들이 적령기가 되어서 셋이나 되는 언니들은 하나같이 혼수비용으로 얼마를 써야 할 것인지 걱정이더라는 얘기를 전한다. 여자 조카는 최소한 5천만 원이 들고 남자 조카는 아파트 전세금을 마련해줘야 하는 것이 묵시적 현실이라는 것이다.

캐나다에서는 아이들이 비교적 빨리 독립할 뿐만 아니라 결혼 비용도 자기들이 벌어서 하니까 그런 부담은 없어서 홀가분하다고 했다.

노후에도 수입이 전혀 없으면 정부가 제공하는 월 300달러 정도 하는 노인 아파트에 살면 되고, 물론 지금으로선 그런 아파트로 갈 생각은 추호도 없겠지만 10년 이상 일한 경력이 있고 65세가 되면 연금으로 생활비가 나오니까 걱정 없다고 한다.

시동생이 47세 남들보다 비교적 늦은 나이에 이민 가긴 했지만 이곳에 있었으면 아이들 셋을 다 그렇게 유학시킬 수 없었을 것이라며, 긍정적으로 뒤돌아보는 자세가 좋았다. 목동에서 과외선생으로는 선두주자였던 동서도 이곳에 있었으면 돈은 더 벌었겠지만 그래도 아이들 셋을 다 유학시킬 수는 없었을 거라는 생각이 확고했다.

무슨 일이 있어도 1년에 한번 이상 널리 알려진 관광지로 여행 다니는 것도 캐나다로 이민 가서 누리고 있는 보너스일 거라는 생각을 했다.

커피 동행

왜 새삼스럽게 커피값이 도마 위에 올랐는지 모르지만 9천억 시장이라면 나로서는 상상도 안 되는 금액이다. 커피 한잔에 들어가는 원두 원가는 123원이라는데 커피전문점 아메리카노 한잔은 대부분 4,000원을 호가한다.

작년 한 해 1인당 평균 312잔 마셨다고 하고 금년에는 400잔 가까이 마실 거라는 전망이니 곧 1조 원이 넘는 시장이 될 것이란 예측이 가능하다.

평균치인 312잔만 마신다고 해도 나 혼자 일 년에 백만 원이 넘는 돈을 커피 마시는 데 소비하고 있다.

내가 커피를 마시기 시작한 것은 언제일까?

중학교에 들어가서 다른 초등학교 출신 문학소녀 친구를 사귈 수 있었던 것은 지금 돌이켜보면 행운이었다. 그 친구는 당시 부모님이 재일교포로 일본에 머무르고 계셔서 언니 오빠들과 함께 살고 있었다.

시험 때가 가까워지자 자기 집에 가서 밤새며 공부하자고 했다. 나는 엄마가 절대 안 된다고 하실 줄 알고 헛일 삼아 말씀 드렸는데 의외로 허락하는 것이었다. 엄마도 내가 친구 집에 가서 공부하리라고는 기대하지 않았지만 얌전하고 살림 잘하기로 소문난 친구 언니들을 보고 배울 점이 있다고 생각했는지도 모르겠다.

친구는 커피를 마시면 잠이 안 온다며 언니들이 다 잠든 뒤에 몰래 아래층 부엌으로 내려가서 커피를 타다주곤 했다.

난생 처음 마셔본 커피는 설탕이 들어갔는데도 맛있게 느껴지지 않았지만 잠이 많은 나한테는 좋은 약일 거라는 생각이 앞섰다. 문제는 커피가 잠 안 오게 하는 데 별 도움을 못 주고 매번 우리를 잠들게 했다는 사실이다.

그리고 얼마 뒤에 우리 집에도 커피바람이 불어와 없으면 안 되는 기호식품이 되었지만 집에서는 별로 마시지 않았다.

커피를 본격적으로 마시기 시작한 것은 대학에 들어가면서였던 것 같다. 대학에 들어가서 누렸다고 생각되는 특권 중의 하나가 다방에 갈 수 있었던 일이 아니었을까 싶다. 집을 떠나 기숙사에서 생활했던 나는 친구들과 외출하면 다방에 가는 것이 일상이었다. 당시에는 음악 감상을 할 수 있게 좋은 오디오 시설을 갖추고 있는 다방들이 있어서 때로는 커피 한잔 마시고 미안한 생각이 들 정도로 오랜 시간 앉아 있곤 했다.

스스로가 커피중독자라고 느껴질 만큼 많이 마시기 시작한 것은 미국에서 대학원에 들어가면서부터였던 것 같다. 기분이 좋아도 마시고 나빠도 마시고 블랙커피를 하루에도 서너 잔씩 마셨다. 어떨 때는 아침도 안 먹고 속이 빈 상태에 너무 마셔서 손이 떨릴 정도가 되었는데도 마셨으니 대단한 커피중독이 아닐 수 없다.

그렇게 살아도 되었던 20여 년 세월이 지나고 갱년기가 오니까 원 이럴 수가?! 커피를 마시면 잠이 안 온다. 커피 마셔도 잠만 잘 자던 시절이 언제였더라?

근래 들어 언제부터인지 나는 다시 커피를 사들고 다니길 좋아한다. 앉아서 마시는 거 싫어하고 들고 다니면서 마신다. 아무도 봐주지 않는데 나 이렇게 바쁘게 산다고 온 천하에 시위하는 것 같은 몸짓이 가소롭다. 진짜 바쁜 사람은 남의 시선을 의식하지 않는다는 건 삼척동자도 다 안다.

알게 모르게 백수가 과로사하는 데 일조하는 커피 동행이 아닐까 싶다.

부자 사람들 많아

벌써 십여 년 전의 일이다. 딸 여섯에 막내로 아들을 낳으신 작은이모네는 지금까지도 그렇지만 항상 아이들로 북적댔다. 이모는 비 오는 날, 이 많은 애들이 각자 자기 우산을 들고 집을 나설 때 부자가 되었다는 생각이 든다고 했다.

우리 이모도 참, 우산이 열이래도 전부 해서 십만 원밖에 더 돼? 그것 가지고 부자가 되셨다고? 별 걸 갖고 다 그러네, 하다가 내 초등학교 시절을 돌이켜보게 되었다. 우산이 없어서, 물론 학교까지 5분 거리이긴 했지만 그냥 뛰어다니던 생각이 났다. 작은이모는 나보다 열네 살 위니까 훨씬 더 가난했던 시절에 성장하신 분이니까 정말 그러겠구나.

복식학전공의 교수 친구랑은 갈 데 없으면 쇼핑가자고 하는 사이다. 친구는 취미로 사군자를 하다가 글씨를 쓰다가 지금은 산수화로 폭을 넓혀서 그 사이에 여러 차례 입선, 입상했기 때문에 서예대전도 관람하러 다녔다. 전시회에 가면 구경하는 동안 즐겁지만 집에 들고 들어오는 것이 없다고. 그래서 여자들이 쇼핑가는 거 아니겠느냐는 엉뚱한 결론을 내리곤 했다.

지난 주말에도 둘이 백화점에 갔는데 "야, 그만 사자. 좋은 옷은 항상 나오는 거니까", 나보다도 자기 자신을 자제하려는 것 같은 발언을 하면서 "백화점에 올 때마다 옷을 사는데도 나올 때면 입을 게 없으니 도대체 어떻게 된 일이지?" 한다. 그 친구랑 비교하면 훨씬 옷을 덜 사는 편인 나는 생각 없이 그게 바로 풍요 속의 빈곤이지 하면서도 왠지 모르게 나 스스로 '사돈 남 말하네' 싶어서 찔린다. 그리고 주변에서 옷장이 모자라서 그만 사야겠다는 사람들을 보게 되니 그게 어디 우리 둘만의 얘기일까?

오만 원권이 시중에 나돌지 않는 이유로 사람들이 은행 금고에 넣어두기 때문이라는 얘길 들은 지는 꽤 된다. 은행 금고를 빌려본 적이 없어서 그 크기는 짐작도 안 되지만 오만 원권으로 20묶음, 즉 1억 원을 집어넣으면 딱 들어맞는 크기라고 한다.

지난 11일, 월요일 김제시 금구면 선암리, 한 마늘밭에 파묻은 돈이 세상에 11억 원도 아니고 110억 원, 텔레비전 뉴스에서 묻혔던 돈을 파내는 걸 보여주는데 기가 딱 찬다. 전부 오만 원권이다. 아이러니컬하게도 부덕의 대명사 신사임당이 그려진 돈이다. 신사임당이 보셨으면 기절하셨을 일이다. 이젠 5만 원권이라고 하지 않고 신사임당이라고 부르게 생겼다. 인터넷 도박으로 번 돈이라는데 돈을 잃은 사람들을 생각하지 않을 수 없다. 인터넷으로 도박해서 돈을 잃어도 되는 부자들이 그렇게 많다는 뜻인가? 그로 인해 패가망신했으면 모두 길거리로 나앉았을 것 아닌가!

지난 2월 여의도 백화점 물류창고에서 주인 없는 현금 10억 원이 든 종이상자가 발견되었을 때도 인터넷에서 불법으로 도박사이트를 열어서 번 돈 이라고 했다.

세금을 4,100억 원이나 추징당한 시도상선 회장은 '나는 오히려 한국에 기여도 높은 사람'이라고 큰소리친다. 도대체 돈을 얼마나 많이 벌었길래 그렇게 많은 세금을 내야 하는지 상상이 안 된다. 세금 피하려고 회사를 다른 나라에 가서 설립하거나 심지어는 자기 나라 시민권을 포기하는 경우까지 종종 봐왔지만 그건 대부분 미국이나 유럽, 일본 등 선진국 사람들이 하는 짓인 줄 알았다.

이런 경우 세금을 내야 옳은지 안 내도 되는지 내 식견으로 판단하기는 불가능이지만 어쨌거나 우리나라에 부자 사람들 참 많다는 생각이 든다.

중앙 귀족이 되었어요

1980년대 초 8년간의 미국 생활을 청산하고 귀국했을 때 남편은 무리해서 여의도에 27평형 아파트를 구입했다. 삼분의 일은 그때 살아계셨던 시아버님이 마련해주셨고 삼분의 일은 저축에서, 그리고 삼분의 일은 은행에서 대출받아 해결했다.

그때 여의도에 자리잡게 된 동기는 친정엄마가 사셨고 둘째 이모 아파트가 있었으며 세 명의 외사촌 동생들이 결혼해서 살고 있었기 때문에 감히 다른 데 갈 생각이 안 났다.

2년 후 27평형을 팔고 이사를 하게 된 이유는 그 사이에 둘째가 태어나서 짐이 너무 많아졌기 때문이다. 여의도 아파트를 팔고 대치동에 가서 분양받으면 차를 한 대 살 수 있다고 하던 시절이었다.

27평형을 3,850만 원에 팔았는데 같은 단지 내의 40평형은 6천만 원을 호가해서 모자라는 금액의 상당 부분을 은행에서 대

출발았다.

4년 뒤 안방에서 같이 사는 데 별 무리가 없었던 둘째가 그 새 철이 들었는지 자기 방을 내놓으라고 했다. 하는 수 없이 아빠가 서재로 쓰던 아주 작은 방을 내주고 안방으로 책상을 옮겼는데 이번에는 잠자는 시간이 다른 내가 불편해서 견딜 수가 없었다.

방 하나 더 있는 아파트를 구하자고 결정하고 집을 덜컹 팔았는데 여의도 내에서는 갈 집이 없었다. 강남이 개발되던 시절이어서 그쪽으로 가려는 사람들이 많았기 때문에 매물은 더러 나와 있었지만 방이 하나 더 있는 아파트를 사려면 1억 이하로는 불가능이었다.

결국 우리는 여의도를 벗어나 집을 찾아보자고 결정하고 우여곡절 끝에 당시 입주를 시작했으나 인기가 없어서 분양이 안 되었던 목동의 미분양 아파트를 구했다. 40평형 아파트를 매입할 때와 거의 비슷한 가격으로 팔았는데 목동 55평형을 분양받을 때는 2천만 원 정도의 돈이 더 필요했던 것만 기억에 남는다.

그리고 88서울올림픽이 성공리에 끝나 부동산 가격이 당시로는 사상 최고를 기록했을 때 우리와 비슷한 시기에 여의도에서 목동으로 이사와 살던 아는 집들은 모두 당시 새로 개발하던 일산으로 이사 갔다. 목동 아파트를 팔면 일산에 가서 더 큰

평수의 아파트를 분양받을 수 있었기 때문이었다.

친구 따라 강남 간다고 우리도 따라가고 싶어서 일산 개발 현장에도 두어 차례 기웃거렸지만 역곡에 있는 직장으로 출퇴근하는데 목동보다 시간이 두 배로 걸리는 거리여서 엄두가 나지 않았다.

그리고 목동의 같은 아파트에서 25년째 살고 있다.

요즘 인터넷에는 사는 곳에 따라 신분을 8단계로 분류하는 '부동산 계급표'가 등장했다. 이를테면 평당 3천만 원 간다는 강남구는 황족皇族, 평당 2천2백만에서 3천만 원 한다는 서초, 송파, 과천, 용산구는 왕족, 평당 1천7백만 원에서 2천2백만 원 하는 강동, 양천, 광진, 분당은 중앙 귀족… 하는 식이다.

노비와 가축까지 있다. 노비는 그렇다 치고 어떻게 가축이란 계급도 있지?

시부모님이 사시던 정릉의 대지 170평 주택을 물려받아 살았으면 집은 컸겠지만 중인 신세를 못 벗어났을 것이고 친구 따라 간다고 일산으로 갔어도 평민 신세가 됐을 생각을 하니 그래도 목동에 눌러앉아 있었던 것이 불행 중 다행이다 싶다.

왜 불행이었나 하면 여의도 아파트 팔았을 때 강남으로 분양받아 갔으면 황족이 됐을 수도 있었을 텐데 말이다.

반값 등록금

반값 등록금이 처음 누군가의 제의로, 구체적으로 말하면 여당의 요직 정책위 의장의 발언으로 뉴스에 나왔을 때 나는 참으로 어리둥절했다.

등록금 인하 쟁의는 당연히 돈을 내는 사람, 즉 학생이나 학부형 입장에서 나와야 하는 거 아닌가? 왜 가격 조정 얘기가 여당에서 나와 여러 사람 혼란스럽게 만드는지 곤욕스러웠다.

대학 운영을 거의 전액 등록금에 의존하다시피 하는 우리나라 대학들의 경우 정부가 재원의 반을 지원하겠다는데 왜 흥분하겠는가? 쉽게 말해서 돈이 어디서 들어오든 들어오기만 한다면야 무슨 문제겠는가? 대학들의 입장은 느긋하기 그지없고 '굿이나 보고 떡이나 먹자' 하는 자세인데 놀랄 일도 아니다.

어떤 사람은 우리나라 대학 진학률이 82%인 사실을 가지고 너무 많이들 대학 간다고 반값 등록금을 반대하지만 사실 그게 무슨 문제가 되나 싶다. 전 국민 100% 대학 진학을 우리의 목표로 하자면 억지일까? 릴케의 시를 읊으면서 청소부 일한다면 삶의 다양성에서 진일보하는 것 아닐까?

모 일간지에서는 계층별로 최근 몇 년간 수입 대비 등록금이 차지하는 백분율을 조사해서 발표했다. 그러면서 어떤 계층은 수입이 증가했기 때문에 등록금이 차지하는 비율은 오히려 내려갔다는 보도였다. 그래서 어쨌다는 건가? 그러니까 반값 등록금을 해야 한다는 건지, 하지 말아야 한다는 건지 정말 애매모호하기 그지없는 접근 방법이다.

그러더니 갑자기 포퓰리즘이라는 단어가 신문 여기저기서 눈에 띄고 굵은 글자의 칼럼 제목으로 떠다니고 있는데 '대중주의' '대중영합주의'로 해석되고 있다. 내막으로는 반값 등록금이 이 정부의 포퓰리즘에 편승해서 나왔다는 얘기를 하고 싶은 것 아니었을까?

독일 같은 나라는 등록금이 없다는데, 아무리 생각해도 등록금을 내는 우리에게 '공짜라면 또 모르지만' 그렇지 않다면 싸든 비싸든 만족이라는 게 있을 수 있나 싶다.

그러면서 나는 거의 조건반사적으로 반값 등록금에 관한 기사가 나오기만 하면 이 건 무슨 의미야? 찬성이라는 거야 아니면 반대한다는 거야 따지게 되었다. 대학에서 20년 이상 가르쳤던 사람으로서 어떤 생각이 없을 수 없지 않은가?

한국경제연구원은 반값 등록금을 비판하는 보고서에 "국민 세금을 통해 반값 등록금 재원을 마련하면 대학에 가지 않는 사람이 대학 진학자의 비용을 대신 지불하게 되는 것이다"라고 지적했다. 반값 등록금에 100퍼센트 찬성하는 사람들조차도 구조조정 대상이 되는 50개 부실 대학까지 국민이 낸 세금으로 지원해야 하겠느냐고 물으면 과연 긍정적인 대답을 할 수 있을지 의심스럽다.

그뿐만이 아니다. '반값 등록금의 희한한 역설'이라는 타이틀의 기사에서는 대기업들이 임직원 자녀들의 대학 등록금 보조로 지난해의 경우 1,940억 원을 썼다는데 반값 등록금이 실행되면 이를 970억 원으로 줄일 수 있다고 보도했다. 반값 등록금으로 쓰일 세금 5조 원 정도를 마련하기 위해 전국 1,700만 가구는 평균적으로 1년에 세금을 30만 원씩 더 내야 하는데 대기업들은 이의 2% 정도에 해당하는 1천억 원 가까운 이익을 얻게 된다는 것이다.

우리 정부가 능력이 있어서 국공립, 사립을 가리지 않고 반값 등록금에 해당하는 재원을 확보 지원해줄 수 있다면 누군들 반대하겠는가 하는 게 솔직한 심정이다. 문제는 그로 인해 닥칠지도 모르는 막대한 재정 부담을 결국 미래에 우리 개개인이 짊어지게 될 것 같아 반대하고 싶은 것이다. 무너지지도 않는 하늘에 작대기를 받치는 격이라고?

반값 등록금 문제에 있어서만은 놀랍게도 양당이 다 동조하는 것 같지만 재원 마련을 세금으로 할 것이냐 대학 구조조정을 통해 할 것이냐, 대학 적립금을 활용해서 할 것이냐 하는 점에서 의견이 분분하다가 결국 세수를 쓰는 쪽으로 기우는 것 같다. 한나라당은 내년부터 3년 동안 등록금을 15~30% 낮추는 방안을 내놓았다고 하고 민주당은 반값 등록금을 내년 1학기부터 당장 실시하자고 한다.

J일보는 양당의 생각 중 어느 쪽을 선호하느냐는 여론조사를 실시해서 한나라당 45.5%, 민주당 44.0%라는 막상막하의 별 설득력 없는 결과를 보도했다. 모두 너무 잘 알고 있듯이 우리 사회는 지금 부자는 너무 부자, 풍요가 넘치는데 다른 쪽에서는 궁핍한 사람들이 수적數的으로 넘쳐난다. 비정규직 근로자가 828만 명에 이르고, 주택 대출금 때문에 생활비가 부족한 '하우스푸어'가 157만 가구, 청년 실업자가 120만 명, 신용 카드 사용이 정지된 신용불량자가 100만 명이라고 한다.

우리나라 교육비가 가히 살인적이라는 사실은 삼척동자도 다 안다. 오죽하면 교육비 때문에 아이를 안 낳겠다는 젊은이들이 생겨나겠는가? 다 같이 잘 살자면서 등록금을 꼭 대중교통 요금처럼 일괄적으로 부과해야만 할까? 미국에서는 무상급식도 수입이 어느 정도 이하이면서 신청하는 사람들에게만 주던데, 누구나 공평하게 교육받을 수 있는 기회를 주기 위해 가진 자들이 조금 더 너그러워질 수는 없을까?

　'나는 능력이 있으니까 우리 아이 비싼 등록금 내고 보낼 수 있어, 당연히 나보다 여유롭지 못한 집 아이들에게 기회를 줘야 하지 않겠어?' 하는 너그러움 말이다. 그렇게 한다면 별로 어렵지 않게 반값 등록금을 대치할 좀 더 나은 방안이 나올 것 같다. 이렇게 생각하는 것 오직 탁상공론에 불과할까? 이런 제안을 하는 것 오직 지면으로만 가능한 것인가?

인생이 46세에 시작되나?

사람들은 대부분 젊음을 찬미하고 늙어가는 걸 비참하게 생각하는 경향이 있다. 늙는다는 것이 정말 불행한 일일까?

작년 말 이코노미스트지 마지막 호 커버스토리로 '노화의 기쁨'을 실었는데 '왜 인생이 46세에 시작되나'를 부제로 달았다.

무엇이 사람들을 행복하게 하는가 하는, 어찌 보면 해묵은 과제에 대한 답을 얻기 위해 설문조사를 실시해서 발표한 연구 결과를 소개하고 있다.

여러 나라 사람들을 네 가지 주요 요인 즉 성性, 성격, 외부 환경, 그리고 나이별로 조사한 연구도 있었다.

성에 있어서는 여성이 남성보다 대체로 약간 더 행복하지만 절망적인 상황에는 더 취약하고, 성격에 있어서는 이미 알려진 바와 같이 외향적인 사람이 신경질적인 사람보다 더 행복하다. 환경적인 요소로는 친족 관계, 교육 정도, 수입과 건강이 행복을 느끼게 하는 방식을 결정짓는다.

나이에 따라 인간이 느끼는 만족도는 십대에서부터 계속 하향곡선을 그리다가 중년의 위기를 겪으면서 평균 46세를 최저점nadir('네이디어'로 발음)으로 U턴한다는 신선한 내용을 보고하고 있다. 특히 이러한 현상은 외부적이라기보다는 내적 변화에 의한 것임을 지적하고 있다.

나이 드는 것이 알려진 것보다 불행하기는커녕 더 행복하다고 느끼게 되는 이유로 철이 드는 것을 꼽고 있다. 자기 자신의 장점과 약점을 알게 되면서 욕심을 버리게 되고, 다시 말해서 마음을 비울 줄 알게 되며, 늙었다는 사실을 받아들일 줄 알게 된다는 것이다. 더불어 젊음과 동반하는 장기 계획으로 악전고투하던 것을 포기하게 되며 순간순간에 삶으로써 불행을 경감시키거나, 안도감을 얻는다는 것이다.

행복은 사람들이 단지 '행복을 느끼는 데 그치지 않고 건강하게 산다'는 데 또 다른 의미가 있다. 일반적으로 행복한 사람들이 어떤 병이든 막론하고 질병에 대한 면역성이 높고 이를 극복하는 것도 더 빠르다는 사실은 널리 알려져 있다.

행복한 사람들의 생산성이 그렇지 않은 사람들보다 더 높다는 연구 결과도 있었다. 노화의 기쁨으로 얻어지는 생산성 향상이 노화로 인한 기능 저하를 얼마나 상쇄할 수 있는지 하는 연구는 아직 안 나왔지만 그래도 어느 정도는 커버할 수 있지 않을까 싶다.

노화의 기쁨은 고령화사회가 도래하고 있다는 우리나라 같은 경우 인력 확보라는 차원에서 뿐만이 아니라 명랑사회 건설이라는 측면에서도 반가운 뉴스임에 틀림이 없다.

새로운 연구 결과는 어찌 보면 사람들이 지금까지 가지고 있는 노화에 대한 비관적 관념 또는 편견을 버려야 할 때가 되지 않았나 하는 생각을 하게 한다.

제4장

워킹맘

주도권 전쟁

부부들은 왜 싸울까?

아이가 태어나기 전에는 싸울 일이 없다가 애를 낳고 난 뒤에 싸우기 시작했다는 부부들도 많다. 그건 분명 아내를 아이한테 뺏겼다고 느끼는 남편들의 속 좁은 트집이 아니라면 아이를 각자 자기식으로 키우려고 하는데 의견이 서로 다르기 때문이 아닐까 싶다.

다음으로 부부들의 갈등은 경제문제가 아닐까 싶다.

돈을 안 쓰려고 하는 것이 남편일 수도 있고 반대로 아내일 수도 있다.

지방에 사는 관계로 대학 동기 모임에 못 나오던 친구가 십여 년 만에 나타나서는 이혼한 큰딸 얘기를 했다. 결혼하자마자 사위가 돈을 챙기는데 자기가 번 돈뿐만 아니라 딸이 번 돈까지 관리하려고 해서 신혼 때부터 노상 갈등이었다는 것이다.

결국 둘은 이혼하고 자기가 손자를 키우고 있다고 했다.

굳이 이해하자면 그 친구 사위는 아내 돈까지 자기가 관리해서 부자가 되고 싶었는지도 모른다. 일면 나랑 비슷한 사람이었네 싶었다.

우리도 오랜 세월 맞벌이었는데 나는 내가 번 돈도 내 돈, 남편이 번 돈도 내 돈 하고 싶은 사람이었다. 남편 입장에서 보면 심히 공평하지 않았을 것이다. 내가 돈을 다 거머쥐고 싶었던 것은 부자가 되고 싶어서라기보다는 주변에 돌봐줘야 할 친척들이 많았기 때문이었다. 내 수입으로는 시어머님 생활비 드리고 파출부 아줌마 월급 주고 친정어머님 용돈 드리고 나면 내 용돈으로 쓸 돈도 넉넉히 남아 있지 않았다. 그러니 생활비는 어디서 충당해야 하겠는가?

그래도 남편은 속사정을 아는지 모르는지 자기 월급을 통째로 내놓는 것에 대해 궁시렁거렸다. 돌이켜보면 나도 멍청했던 것이 돈을 여기 얼마, 저기 얼마 쓰게 되니 두 사람 월급이 다 필요하다고 설명했으면 될 것을 "대한민국에 월급 안 갖다주는 남편도 있어요? 있으면 나와 보라고 하세요"라며 입을 막았다.

우리 부부의 또 다른 갈등은 서로 너무 다른 배경에서 자란 사람들이었기 때문이기도 했다. 완벽한 주도권을 구사해야 하는 경상도 남자와 그에 못지않게 완벽한 주도권을 행사했던 두 할머니와 어머니를 보고 자란 제주도 여자의 만남이었다.

　더군다나 남편은 우선 누구보다도 자기가 잘 살아야 하는 사람이었고 나는 주변이 잘 살아야 나도 편안할 수 있다고 생각하는 부류였다. 남편은 5남매의 장남, 나는 6남매의 장녀였다. 두 사람 의견이 충돌하게 만드는 것은 우리 둘 자신이었다기보다 주변이었다.

　십여 년 전 우리와 같은 직업의 선배 부부도 갈등이 컸는지 어느 주말 아침부터 전화가 왔다. 조카 결혼식에 가야 하는데 자기는 축의금으로 30만 원 내자고 하고 남편은 너무 많다고 20만 원이면 된다고 하며 싸우다가 내 의견을 듣기로 했다는 것이다.

　"언니, 많이 싸가면 좋긴 좋지. 그렇지만 생각해봐. 결혼식은 시작이에요. 좀 있으면 집들이 오라고 해서 싸가야 하고 그 담엔 아기 낳았다고 싸가야 하고, 그 담엔 돌이라고 싸가야 하고, 한도 끝도 없어요."

　구체적으로 얼마 하라고 답을 하진 않았지만 합리적인 대답을 했노라고 흐뭇해하면서도 켕기는 구석이 있었다. 나였으면 어떻게 했을까 생각해보지 않을 수 없었다. 틀림없이 30만 원 하자고 우겼을 것이고 남편이 절대 안 된다고 했으면 막판에는 20만 원 한다면서 30만 원을 쌌을 것이다. 이런 경우 남편을 속이면서까지 그렇게 했어야만 했나 회심의 미소를 짓지 않을 수 없다.

그것은 30만 원을 했거나 20만 원을 했거나 효과는 별반 다르지 않은데 '내가 주장하는' 금액이었기 때문에 그렇게 했어야 하는 것이었다. 그런 식으로 반항하는 것이 보통 때 남편이 나의 자유를 구속했기 때문이었을까? 남편도 본의 아니게 그랬을 수도 있다. 둘째가 어렸을 때 '아버지는 민주를 부르짖는 독재주의자'라고 했었으니까.

그래도 우리는 찌그럭, 빠그럭 하는 싸움은 못했다. 내가 평화주의자여서라기보다도 우선 직장에 나가면서 세 아이를 키운다는 것은 끊임없는 일거리에 쌓여 쫓기는 일상이었기 때문이다. 더구나 남편은 밤 늦게까지 일하다 늦게 일어나는 타입이고 나는 아침형 인간이어서 싸움할 시간이 맞지 않았다.

『백 년 후Next 100years』라는 책에서는 앞으로 100년 동안 세계를 이끈다는 점에서 미국은 끄떡없을 거라고 장담하지만 중국은 개방한 지 얼마나 되었다고 벌써 주도권 전쟁에 뛰어들어 설쳐대는지 괜스레 꼴불견이라는 생각이다. 주는 것 없이 밉다고나 할까?

총선과 대선이 같은해에 들어 있어 정당들은 앞다투며 개명했기 땜에 도무지 새 이름에 적응도 안 된 상태에서 찍으러 가야 하는 것이 부담스러울 지경이다.

어디서 유전이라도 터졌는지 아니면 금광이라도 발견되었는지 노다지라도 캐올 듯 이거 해주마 거저 해주마 선심들을 쓰고 있는데 알고 보면 부모 돈 가지고 여자 친구한테 명품 사주마고 꼬드기는 철없는 아들이나 다를 바 없긴 마찬가지. 부모가 재벌은 못 될망정 갑부 정도라도 돼서 그런다면 또 모를 일이지만. 어쩌다 우리 백성을 이끌겠다는 지도자들이 이 정도밖에 안 되는지 한심하다.

저렇듯 말도 안 되는 수준의 주도권 전쟁도 알고 보면 일심동체라는 부부 사이에 벌어지는 주도권 쟁탈처럼 원초적 본능에서부터 기인하는 것이 아니겠냐고 한다면 지나친 비약일까?

꼴불견

꼴불견보다 더 실감 나는 단어는 '목불견'이다. 목불인견目不 忍見의 준말인지는 모르겠다. 나는 둔한 사람이어서 그런지 몰 라도 사실상 꼴불견이라고 느껴지는 것이 그리 많지 않은 편이 다. 그래도 더러 있긴 있다.

여름이 되어, 서둘러 온 여름이 너무 더워서 벌써 샌들을 안 신은 사람이 없다고 해도 과언이 아니다. 전문가들은 어떻게 말하는지 몰라도 정장에 샌들은 꼴불견이라는 느낌을 받는다.

샌들에는 그래도 관용을 베풀 수가 있다. 너무나 대중적 보 편적인 신발이니까. 그래도 슬리퍼는 못 봐주겠다. 며칠 전에 도 명품 중의 명품이라는 진짜 루이비통 핸드백을 들고 잘 차 려입은 한 아줌마를 감탄의 눈으로 바라보다가 슬리퍼를 신은 발에 와서는 확실하게 실망했다. 나는 슬리퍼로 외출은 질색하 기 때문에 그리고 그게 왠지 모르지만 나를 기운 빠지게 하고 고민하게 한다.

지난 토요일 복식사를 전공하는 교수 친구가 가자고 해서 예술의 전당에서 지금 열리고 있는 루브르박물관 전에 갔다. 대부분이 17~18세기 바로크, 로코코와 신고전주의 미술품들이었다. 그림의 주인공들은 서민이 아니라 신화에 나오는 인물들이었다. 신들과 여신들이 신고 있는 신발이 작년에 유행했던 멀티스트립 샌들이어서 '저기서 베꼈나?' 생각하고 있는데 친구가 말을 건다.

"어째 신들이 샌들을 신었냐? 우리나라에서는 맨발을 보인다는 것은 절대 안 되는 일이거든." 복식사를 전공하는 사람다운 지적이다. 원군을 만난 듯이 내가 샌들에 대해 느끼는 바를 토로하다가 직원한테 조용히 하라는 지적을 받았다.

아니 그럼, 내가 신발에 대해 느끼는 바로는 조선시대 여자란 말인가?

또 있다.

공공장소에서 중년들의 스킨십은 꼴불견이다. 두어 달 전에는 지하철에서 노약자석에 앉게 되었다. 보통은 나보다 나이들어 보이는 노인들이 탈 경우, 일어서야 하는 번거로움 때문에 잘 안 앉는 곳인데 그날은 밤이 늦은데다 너무 피곤했다.

건너편에 앉은 두 남녀는 50대가 될까 말까 해보이는데 남자는 오토바이 마니아나 되는 듯이 검정색 일색이면서 반짝이는 옷차림이었고 여자는 어깨까지 오는 긴 머리에 좋은 핸드백을 들었고 옷도 잘 입었다. 그들이 내 시선을 끌었던 것은 세 사람 자리에 바로 꼿꼿이 앉지 않고 옆으로 비스듬히 앉아 크게 떠들었을 뿐만 아니라 노골적으로 서로 손도 만지고 남자는 여자의 무릎도 쓰다듬고 여자는 남자의 목덜미를 만지작거린다.

더구나 본의 아니게 그들의 대화를 듣게 되었는데 남자는 자기 친구들과 여행을 떠날 계획인 것 같은데 여자가 끊임없이 이런저런 조언을 한다. 처음부터 저들은 부부가 아니구나 싶었는데 여자가 먼저 내리는 걸로 봐서 거의 확실하다. 그렇지만 그게 나와 뭔 상관? 혼자 회심의 미소를 지었다. 그들이 부부였어도 꼴불견이고 아니었어도 꼴불견이다.

지난 일요일에는 둘째동생 부부가 서울대공원에 걸으러 가자고 해서 갔다. 워낙 더워서 그런지 보통 때보다 노인들이 비교적 많지 않은 아침이었다. 동물원 산책길을 오른쪽부터 걸어서 왼쪽 후문으로 나오는 것이 보통 우리가 다니는 코스다.

그 산책로는 6킬로 길인데 삼분의 이쯤 왔을 때 맞은편에서 걸어오는 몇몇 사람들 무더기가 있었다. 그 중 40대 후반은 되어보이는 여자가 남성의 손을 잡고 걷는데 유독 환희에 찬 얼굴이다. 무슨 말인가를 하는데 기쁨에 넘친다. 서로가 스쳐지나가는 길이라 아주 잠깐 봤는데도 '사랑에 빠졌나봐' 소리가 절로 나온다.

평소 말이 많지 않은 올케가 갑자기 흥분하며 저 사람들 부부가 아니라고 단정한다. 아니, 누가 언제 저 사람들을 부부라고 했나?

"형님, 부부들은요, 절대 손잡고 걷지 않아요!"

지난 번 지하철에서 만난, 요란스럽게 서로를 만지던 중년 남녀가 떠올랐다. 그 사람들도 부부가 아닌 게 틀림없어. 내릴 때도 여자가 먼저 내렸잖아. 그 사람들 얘기가 하고 싶어 입이 근질거렸지만 참았다. 과묵하기로 회사에서까지 소문난 동생 눈치를 아니 볼 수 없었기 때문이었다.

또 있다.

내가 운전을 안 한 지는 5년이 되어온다. 남편 옆에 앉아 가든, 운전하는 친구 옆에 앉든, 또는 버스를 타고 갈 때도 다른 차가 새치기하거나 볼썽사납게 운전하는 꼴을 못 본다. 특히 벤츠나 자칭 '세기의 명차'라는 BMW 같은 차가 새치기하거나 너무 가까이서 추월할 때, 좌회전 차선이 아닌 데서 돌아갈 때는 내가 뱉을 수 있는 욕은 다 동원한다. "무식한 놈"이라고 할 때도 있고 "무식한 년"이라고 할 때도 있고 "저런 새끼는 고급차 몰 자격이 없어. 저러다 사고 치지!" 이건 아주 저주급이다.

때로는 왜 하필 '고급' 차가 새치기하거나 무리하게 추월하거나 할 때 더 과격하게 반응하지? 스스로가 놀라워서 내가 고급차에 콤플렉스를 느끼나? 반성해야 할 정도다.

남의 차를 타고 있어 점잔을 떨어야 할 때는 다른 차가 어떤 식으로 운전하는지 아예 보질 않는다. 나 자신의 반응이 두렵기 때문이다.

버스에 특히 앞부분에 앉아 있을 때 이런 식으로 반응하면 기사 아저씨들은 대부분 좋아한다. 자기들이 하고픈 말을 내가 대신해주기 때문일 거다. 그래도 버스에선 욕은 하지 않고 "저렇게 끼어들면 안 되는데" "무슨 운전을 저따위로 해요?" 또는 "아저씨가 참으세요!" 정도로만 해도 기사 아저씨들은 만군을 얻은 듯 좋아한다.

멋쟁이 타령

우리나라 사람들은 보편적으로 멋내기를 아주 좋아하는 백성들이 아닐까 하는 생각이 들곤 한다. 세계에서 화장품을 가장 많이 쓰는 나라라고 하지 않는가? 일반적으로 대단한 석학이라는 소리를 듣는 것보다 '멋쟁이'라는 평을 듣는 걸 더 좋아하지 않나? 하는 생각이 들 정도다.

나는 초등학교 6학년 때까지 외가에서 자랐고 우리끼리 분가한 뒤에도 걸어서 10분 반경 내에 살았기 때문에 외할머니의 거의 모든 일상을 잘 알 수 있었다. 내가 기억하기로 외할머니는 평생 당신 옷을 구입하는 일이 없었던 것 같다. 워낙 베푸시던 분이라 친척이든 친지든 무슨 호의로 또는 어떤 일에 대한 답례로 옷이나 옷감을 사오면 "나 평생 가지고 있는 옷들 다 못 입는다!"가 인사말이었다.

'옷을 다 못 입는다'는 말은 옷이 낡아 떨어질 때까지 입어 없애는 것을 의미하는데 요즘처럼 '옷이 떨어져 못 입나 싫증나서 못 입지' 하는 시대에는 말뜻조차 부연 설명을 해야 알아들을 수 있는 세상이 되어버렸다.

외할머님은 눈이 어두워지기 전에는 한때 바느질 솜씨가 좋기로 소문이 나서 식구들, 친척들 옷은 물론 남의 옷까지 맡아삯바느질을 하셨다니까 당신 옷을 스스로 지어 입기는 누워 떡 먹기 아니었을까 싶다. 그랬으면서도 당신 솜씨를 오직 남을 위해 썼지 스스로 멋을 내기 위한 바느질 같은 것은 한번이라도 했을까 싶은 정도다.

그에 비하면 외할머니가 낳으신 세 따님은 모두 나름 멋쟁이들이었다.

맏딸인 우리 어머니는 외할머니 솜씨를 그대로 물려받아 중학교 때부터 자기 것은 물론 동생들 세일러복이라는 교복도 다 만들어 입혔다고 한다. 바느질이든 뜨개질이든 프로만큼 잘했기에 요즘 같은 세상에 태어났으면 디자이너라도 될 만한 소질이 아니었을까 싶다.

둘째이모는 대칭을 처리할 줄 몰라 한쪽 커튼을 두 개 만드는 식으로 솜씨는 없었지만 부자였기 때문에 "여자는 쌀과 화장품을 쌓아놓고 살아야 한다"며 자기 나름의 멋쟁이 철학을 폈다.

작은이모 역시 바느질 솜씨가 없어 노상 큰언니를 찾았지만 어릴 때부터 멋쟁이였다. 어머님이 살아계실 때 작은이모는 무덤에 누웠다가도 "예쁜 옷!" 하면 벌떡 일어날 사람이라고 했다. 76세인 지금도 예쁘게 꾸미실 뿐만 아니라 여섯이나 되는 딸 중에 엄마를 능가하는 멋쟁이가 없어서 맏조카인 나를 포함해서 딸들에 대한 불만이 "어떻게 그렇게 아무렇게나 하고들 다니느냐?" 하는 것이다.

지금도 그렇지만 1960년대에도 중학교와 고등학생은 여전히 교복 차림이었고 특별히 별난 행동으로 사람들의 시선을 끌고 싶은 몇몇 아이들은 사복을 하고 멋을 부렸다. 영화관 같은 곳에도 단체로 아니면 갈 수 없었던 시절이어서 '청소년 입장 불가' 같은 사인을 무시하고 영화관에 들어가려면 사복을 입고 어른 차림새를 해야 가능했다.

나와는 나이 차이가 열네 살인 작은이모는 내가 고등학교 시절 이미 네 딸의 엄마였다. 나를 보기만 하면 밤에 잘 때 벨트로 허리를 묶어서 자야 한다고 얼마나 강조하셨는지! 지금도 그 열정이 생생하게 느껴질 정도다. 허리를 묶고 어떻게 잠들 수 있는지? 지금까지도 불가사의한 일이다.

한번은 "내 허리가 이모보다 가늘지 않아?" 했더니 자기도 그랬는데 가늘어질 만하면 아이를 낳고 또 낳고 하는 바람에 이렇게 되었다며 너는 제발 그러지 말라는 것이었다. 도무지 뭘 그러지 말라는 것인지? 이모의 그런 충고는 늘 귓등으로 흘렸다. 왜 그렇게 허리가 가늘어야 하는 것인지 왜 그렇게 멋쟁이가 되어야 하는 것인지 나로서는 알 수가 없는 일이었다.

내 모교인 성심여대는 우리가 입학했던 1967년에 교복을 입었다. 기숙사에서 입을 사복과 잠옷까지도 어머니와 작은이모가 다 준비해주신 대로 가지고 갔다. 이듬해에 교복이 없어지면서 가짓수가 더 많아지긴 했지만 내 옷을 어머니와 작은이모가 더 걱정해주셨다. 집 떠나 있으면서 보내주신 돈으로 옷을 맞춰 입으면 내 용돈만 축이 나는 일이어서 준비해주는 대로 입고 다녔다. 방학 때 집에 내려가면 '아무렇게나 하고 다닌다.' '멋 부릴 줄 모른다'는 구박을 받으면서 양장점엘 들락거려야 했다.

결혼할 때는 식을 올리자마자 유학생인 남편을 따라 미국으로 가게 되었는데 이번에는 시어머님이 가지고 갈 옷에 대해 더 신경을 쓰셨다. 내가 마치 미국에 가서 직장 생활이라도 할 것처럼 원피스와 투피스를 여러 벌 맞춰주었다. 그 옷들은 캐주얼만 입는 미국 생활에 별 소용이 없었다.

큰애를 낳고 네 살이 된 후 대학원에 들어가게 되었을 때 비로소 처음으로 신경을 써서 옷을 사 입어야 하는 상황이 되었다. 도무지 어떤 옷을 골라야 할지 막막했다. 선택의 폭이 넓었던 만큼 옷 고르기가 더 어려웠다. 때로는 대학 시절까지 거의 모든 옷을 사주셨던 엄마가 원망스러웠다. 엄마가 준비해

주지 않았어야 내게도 옷을 고르는 실력이 생겼을 텐데 하면서 말이다.

내가 지금까지도 쇼핑 다니기를 좋아하는 것은 대학원 때 붙인 취미다. 일주일 동안 시험과 스트레스 속에 살다가 주말이 되면 가는 곳이 쇼핑센터였다. 결혼해서 처음 3년은 남편이 학생이어서 경제적 여유가 없었는데 그때에는 교수가 되어 수입이 늘었기 때문이기도 했다.

나도 1981년 서울에 와서 대학에서 가르치기 시작했는데 그 어느 때보다도 옷차림에 신경을 쓰지 않을 수 없었다. 미적 감각도 별로 없고 불편한 옷은 못 참는 편인데다 무슨 콤플렉스였는지 모르지만 내 옷차림새가 '어물전 망신시키는 꼴뚜기' 격은 되지 말아야 한다는 일념뿐이었다.

더구나 옷에 돈을 좀 쓰면 어릴 적 외할머님 생각이 나서 죄의식에 시달렸다. 외할머님은 옷에 돈 한 푼 안 쓰고 당당하게 사셨는데 나는 왜 이러나? 이래도 되나? 싶었다. 세일이 아닌 옷을 사는 경우는 아주 다급한 행사가 있을 때를 제외하고는 없었다. 세일 상품이라는 것이 원래 철이 지나거나 해묵은 상품인데다 사다가 장롱에 걸어놓고 또 해를 넘겼으니 어떻게 멋쟁이가 될 수 있겠는가?

그래도 40대에는 한때 '재킷으로 멋내는 사람'이라는 평을 받은 적이 있었다. 50대에는 당시 유행이기도 했지만 대부분 바지 정장을 입었다. 후배 여교수들이 왜 노상 바지 정장 차림이냐고 물었을 때 나의 대답은 "고스톱 치다 시장 나온 아줌마 같은 차림으로 학교에 올 순 없지"였다.

환갑도 넘은 할머니가 새삼 멋쟁이가 되려고 애를 쓴다 한들 누가 알아주랴마는 스스로는 항상 최선을 다해 입고 다녔노라고 말하고 싶다. 평생 화장도 안 하고 대학교 2학년 때 처음 파마 머리했다가 감당이 안 되어 다시는 시도해보지 않은 채 40년이 흘렀다. 그래서 헤어드라이어를 사용할 줄도 모른다. 그런 내가 멋쟁이가 되려고 나름 노력했노라고 한다면 세상이 다 웃겠지?

세상에서 제일 맛있는 음식

세상에 진짜로 "제일 맛있는 음식이 무엇이지? 있기는 있는 거야?" 하는 질문을 스스로에게 하고 "그걸 어떻게 아나? 이 사람아!" 하고 스스로에게 답하며 웃는다.

세상 모든 사람이 생긴 모습만큼이나 입맛도 제각각일 것이고 그들에게 맛보라고 해보고 싶어도 음식 또한 똑같은 걸 먹어보기가 불가능일 것이니 어느 음식이 세상에서 제일 맛있는 음식인지는 알 수 없다는 것이 내 나름의 결론이다.

모두 아는 이야기이긴 하지만 은어가 도루묵이 된 사연은 임진왜란 때 피란길에 오른 선조 임금님이 몇 끼를 굶다가 어느 어부 집에서 드신 꽁보리밥에 생선이 너무나 맛있어서 무슨 생선이냐고 물으시니 어부는 "묵"이라고 대답했다 한다. 그렇게 맛있는 생선 이름이 묵이라는 게 맘에 안 드신 임금은 이제부터는 묵이라고 하지 말라며 "은어"라는 예쁜 이름을 지어주셨다.

한양에 돌아온 임금은 피란 중에 먹어본 생선 생각이 나서 은어를 주문했는데 드셔보니 너무 맛이 없어서 생선 이름을 '도로 묵'이라고 하라고 했던 것이 유래가 되어 "도루묵"이 된 경로다.

내가 시집을 가던 39년 전에 시댁은 팔순이 되신 외할머님을 모시고 살았다. 더워지면서 입맛이 떨어져 반찬투정하는 식구들에게 "시장이 반찬"이라고 일침을 가하셨다. 난생 처음 들어본 속담이지만 너무나 지당하신 말씀이라는 생각이 들었다. 그리고 그때까지 내가 살아온 친정, 도무지 입맛 없을 때가 없었던 우리 형제들의 입맛에 경의를 표했다.

그런데 얼마 전에 지인들과 모임이 있어서 저녁을 먹는 도중에 나보다 너댓 살 정도 위이신 여성이 제주도에 다녀온 얘기를 했다. 바다에서 갓 건져올린 생선을 소금구이했는데 얼마나 맛있었는지 모른다며 제주도 여자들이 왜 음식 솜씨가 없는지 이해가 가더라는 것이다. 소금만 뿌리면 뭐든지 맛이 있는데 왜 솜씨가 필요하겠느냐는 것이다.

제주도 여자인 나는 그 분이 나를 겨냥해서 하신 말씀은 절대 아닌 줄 알면서도 어쩌다 제주도 여자들이 도매금으로 음식 못하는 사람들이 되었는지 속이 상했다. 더구나 처음 들어본 얘기여서 순발력이 없는 나 주제에 그 자리에서 단박에 반론을 제기하기에도 역부족이었다.

그러면서 혼자 생각하기를 그렇지, 제주도 것은 무엇이든지 맛있다고 하는 세상이잖아. 옥돔 맛있다고 하더니 갈치 맛있다고 하더니 당근 맛있다고 하더니 브로콜리 맛있다고 하더니 삼다수 맛있다고 한다.

지난 달에는 남편 선배가 제주도 찰보리 맛있다고 구해달라고 해서 수소문해 구해다 드리지 않았나?

그러고 보니 친정 사람들은 맛있는 걸 먹고 사셔서 입맛 없던 적이 없었던 거야?

소피아 로렌이라는 여배우 얘기하려면 옛날이라고 아니할 수 없겠지만 한창 잘나가던 시절 그때가 우리 대학 시절인 1960년대 말이었다. 당시 인터뷰 기사를 읽은 기억이 난다.

세계적인 명배우가 된 사람답게 불우했던 어린 시절 얘기도 당당하게 잘 꺼내곤 했다. 자기는 명배우가 된 뒤에 여러 나라에 다니면서 맛있다는 고급 식당을 수도 없이 많이 가서 먹어봤지만 어릴 때 다른 식구들 몰래 외할머니 따라가서 얻어먹던 염소 젖이 제일 맛있었다고 했다. 그야말로 시장이 반찬이라는 말이 아니겠는가? 자기가 일생 가장 배고팠을 때 먹었던 음식이 제일 맛있었다는 얘기로 들렸다.

사람의 입맛이 제각각이라고 전제하면서도 가끔 사람 입맛이 너무나 보편적인데 놀라지 않을 수 없다.

얼마 전에 J교수님이 알려주시기를 우리 동네, 우리가 문화센터로 오는 길목에 아주 조그만 식당이 생겼는데 메밀국수가 맛있다고 소문이 나서 줄을 선다는 것이다. 며칠 뒤에 윤 선생하고 집에 가는 길에 들렀다. 말 그대로 테이블 수가 열도 안 되는 아주 조그만 식당이었다. 더운 날이어서 반은 밖으로 나와 있는 테이블에 앉아 냉모밀을 시켜 먹었는데 맛있었다.

쇼핑하느라 백화점을 두어 시간 돌아다녔으니 배가 고파 그러겠지 하면서도 맛있으니까 사람들이 줄 서는 거 아니겠어? 그 다음 날에는 냉모밀 좋아하는 남편과 갔다. 맛있다는 것이다. 뭐가 맛있냐고 하니까 국물 맛이 다르고 면발이 씹히는 맛도 다르단다. 옆에서 주인아줌마가 안 듣는 척하면서 듣고 있어서 체인이냐고 물어봤다. 아니라면서 자기들은 국물을 손수 만든다고 했다. 오늘 낮에도 국물이 떨어져서 더 못 팔았다고 불만이다.

설령 모든 인간의 인체가 똑같이 생겨서 똑같은 분량의 호르몬과 위액을 분비한다고 할지라도 음식 맛은 배고픈 정도에 따라 달라지는 것이라는 생각이다.

요리대회에서 품평하는 것을 보면 음식은 맛도 좋아야 하지만 분위기도 좋아야 하고 '보기 좋은 떡이 맛도 좋다'고 어떻게 담아내느냐도 중요하다고 한다. 다 배부를 때 하는 소리지.

아무리 맛있는 메밀국수라 할지라도 배부를 때 먹으면 배고플 때 먹는 농심 너구리보다 맛이 없는 것은 당연한 일이다.

워킹맘

얼마 전 신문에서 전업주부들이 직장에 다니는 엄마, 워킹맘들보다 더 행복하다는 여론조사 결과가 나왔을 때 "와아, 그러면 그렇지!" 하면서 쾌재를 불렀다면 그야말로 오버한 건가?

나도 참 오랫동안 워킹맘이었다. 미치고 환장하는 것은 워킹맘이라는 것이 엄마 노릇, 아내 역할에만 걸리는 것은 아니라는 사실이다.

시댁은 3남 2녀를 두었는데 남편이 장남이다. 무슨 일이든 터지면 소리, 소문 없이 조용히 해결을 못하고 난리가 나는 집안이었는데 큰시누 결혼을 앞두고 분가해 사는 나한테 시어머님이 전화했다.

당시 둘째며느리를 데리고 사셨는데 시어머님은 내가 외국에서 오래 살다왔다는 이유만으로 사실은 전혀 그렇지 않은데 내 안목이 더 나으리라는 생각에서인지 "너희는 어쩜 그렇게 무관심할 수가 있냐? 사촌보다 못하다"라는 질타가 쏟아졌다. 황당했다. 나는 직장 다니는 사람이었고 동서도 큰시누도 직장에 다니지 않았기 때문에, 혼수 준비하는 데서 완전히 면제되는 줄 알았다.

나도 사실 속성으로 말할 것 같으면 혼수 장만하러 쇼핑 다니는 것을 학교 가서 학생들하고 종일 씨름하는 것보다 더 좋아한다고 할 수 있다. 한 몸 가지고 혼수 장만하러 시장도 따라다니고 학교에 가서 일도 하고를 동시에 할 수는 없는 것이 현실이지 않은가?

같은 해 여름이었다. 그때는 친정어머님이 할아버지 제사를 모시던 시절이었다. 방학이니까 당연히 맏딸인 내가 일찍 달려와서 도우리라고 생각했는데 빨리 안 나타났다고 어머님은 눈을 모로 뜨고 심통이 났다. 어처구니가 없었다.

나 출가외인이잖아? 더구나 집에는 아직 시집 안 간 여동생도 있었고 맏며느리는 약사라서 약국 가야 하므로 못 왔지만 전업주부였던 셋째며느리가 와서 도와주고 있었다. 대단한 잔칫상을 차리는 것도 아닌데 싶어서 서두르지 않았고 더구나 친정이 있었던 여의도에서 버스 내리다가 본 옷가게에 들려 개학하면 입고 갈 옷까지 하나 사느라 시간을 끌었으니 한심했던 모양이다.

이렇게 문제는 사사건건 나는 워킹맘이니까 면제 또는 양해

되었으리라고 생각하고 상대방은 전혀 그렇지 않은 곳에서 터졌다. 시시때때로 나는 동네북인가 하는 생각도 들었다.

둘째가 중학교에 다니던 시절이니까 벌써 십여 년 전 일이다.

초등학교 때나 마찬가지로 성적이 바닥을 기었던 사실을 모르고 있진 않았지만 그렇다고 딱히 어쩌지도 못하고 때가 되면 잘하겠지. Y대학 심리학과에 가서 아이큐 검사까지 받은 아이 아닌가? 그냥 무시하고 있었다.

어느 날 아침 참지 못한 남편이 식탁에서 폭발했다.

"당신 둘째 성적표 봤어?"

"…."

"그거 본 사람이 그렇게 무반응일 수 있어?"

"…."

"당신 학교 그만둬. 자기 애는 바닥을 기고 있는데 남의 집 딸들 가르치느라고 설치고 다니는 게 부끄럽지도 않아? 어떻게 얼굴 들고 다닐 수 있어?"

와아! 이건 질타를 넘어선 인신공격이다.

너무도 졸지에 당한 습격이라서 대꾸할 말도 못 찾았지만 우선은 아이를 학교에 보내고 나서 대판 붙든지 터지든지 해야 한다고 생각하고 보통 때는 학교 가는데 내다볼 여유도 없던 내가 따라나갔다.

이럴 땐 아이가 더 어른이다. 현관에서 신발을 신으면서 "엄마, 엄마 학교 그만두지마. 나 잘할게. 우리 엄마 실적 올려주기 위해서라도 잘해야지" 혼잣말처럼 중얼거리며 나갔다.

그 말을 들으니 육아는 왜 다 내 책임이냐, 애들 성적은 왜 내가 다 관리해야 하느냐, 한 판 단단히 붙으려고 했던 온갖 방어막들이 안개 걷히듯 다 사라져버려 싸울 마음이 없어져버리고 말았다. 그리고 학교에 가서 종일 반성했지만 솔직히 말해서 그 아이 공부 못하는 게 왜 내 책임인지? 반성할 게 없었다.

단지 그보다 훨씬 전 둘째가 태어나기도 전에, 대학 졸업한 지 8년 만에, 시집간 지 5년 만에 대학원에 진학하겠다고 했을 때 구구절절 반대했던 친정아버지의 편지가 생각났다. 요지는 너보고 내조 잘해서 현모양처되라고 했지, 누가 집 밖에 나가 설치라고 했느냐, 제발 다시 생각해볼 수 없느냐는 것이었다.

외할머니 생각도 났다. 미국서 대학원에 들어가게 되었다고 일시 귀국해서 인사드리러 갔을 때였다.

"임 서방이 똑똑한 줄 알았더니 바보 멍청이구나!"

1995년 성심여대가 가톨릭의대와 통합하여 가톨릭대학교가 되면서 신부님들이 보직을 많이 맡았다. 캠퍼스 내에 사제관까지 지어서 생활하니 본의 아니게 교수들의 일거수일투족을 관찰하게 되었던 것 같다.

지금은 '정보통신원'이라고 이름까지 바꿔버렸지만 당시 전자계산소를 맡고 있던 나는 새로 들어올 컴퓨터 시스템 때문에 부총장 신부님과 자주 만나게 되었다. 부총장은 결혼한 여교수들에 대해 불만이 많았다. 월급은 똑같이 받으면서 일 좀 시키려면 이 핑계 저 핑계로 마다하고 강의만 끝나면 집으로 달려가기 바쁘다. 뭐 이런 내용이었다.

어느 날 부총장실에 갔는데 또다시 비슷한 내용으로 여교수들을 질타하는데 마치 내가 대표로 야단맞는 기분이 들었다. 묵묵히 잘 들어드리던 평소와는 달리 톤을 높여서 "저도 왜 이렇게 사나 모르겠어요. 제가 고급 차 몰았어요? (당시 나는 전기기사도 안 몬다는 프라이드를 몰고 있었다.) 고급 음식 먹었어요? (당시 학교 교수식당 점심이 3천 원이었다.) 고급 옷을 입었어요? (그때는 아직 명품이 이렇게 보급되기 전이었다.)"라고 대꾸했다.

도무지 왜 그런 말이 튀어나왔는지 나도 모르지만 부총장님한테 좋은 처방이 된 것만은 틀림없었다. 그 뒤로 다시는 그 얘기를 꺼내지 않았다.

이런저런 개인 사정으로 남들보다 10년 먼저 조기 퇴직해서 뒤늦게 전업주부가 되었다. 그래서 더 행복해졌다? 글쎄 나는 별로 그런 것 같지 않지만 남편은 확실하게 그런 것 같다.

워킹맘이 전업주부보다 더 행복하다면 '꿩 먹고 알 먹기'였을 텐데 안 그런 것을 보면 세상 공평하지 않나 싶다.

치매 시어머니

연말이라고 정말 오랜만에 송년회에 나온 친구가 우리 시어
머니 안부를 물었다.

"그 후로 더 이상 옷은 맞추지 않으시고?"

그 스토리 진원지가 나였음이 분명한데도 정말 까마득한
옛일처럼 잊어버려서 잠깐 어리둥절했다. 아마도 작년 송년
회에서 시어머님이 전화로 옷을 맞추셔서 끌탕하던 얘길 했
는가보다.

병원에 들어가실 때 전화번호가 든 수첩을 갖고 가신 것도
아닌데 어느 날 당신이 단골로 다니던 명동의 양장점에 전화를
걸어서 60만 원짜리 재킷을 맞추셨다. 옷 맞추는 문화가 없어
진 지 언제인데 양장점이 문을 안 닫고 영업 중인 것도 놀라웠
지만 그 양장점에서 마지막으로 옷을 맞춘 지 십 년은 더 됐을
텐데, 치매 시어머님이 그 집 전화번호를 기억하고 계신 것이

너무도 놀라웠다. 경이로웠다고 해야 더 맞는 표현인지도 모르겠다.

졸지에 60만 원을 입금시켜 달라는 양장점의 전화를 받은 남편은 기절할 만큼 흥분했었다.

시어머님이 치매병원에 입원한 지는 만 3년이 넘었다. 당뇨를 35년 이상 앓으셔서 합병증으로 온 치매이기 때문에 더구나 그때 나이 83세여서 병원 측에서조차 이렇게 오래 계실 줄은 몰랐을 것이다. 혈압에 동맥경화에 여러 합병증도 있었으므로 1년 정도라는 말이 자연스럽게 들렸다.

첫해에는 매주 잘도 열심히 들락거렸다. 치매병원에는 여러 과가 있었고 각 과에 담당 의사들이 있어 신경을 써줘서 그랬는지 서너 달은 나아지시는 것 같았지만 갈 때마다 꼭 한두 가지 이상 증상을 보여줘서 우리의 희망을 낙망으로 바뀌게 했다.

지하에 있는 식당으로 가자고 모두 엘리베이터 쪽으로 가는데, 혼자 반대 방향으로 간다거나 내 손을 붙들고 아주 비밀스럽게 "여기는 나만 말고 다 치매 환자들이야" 하신다거나 웃지 못할 웃음거리도 끊이질 않았다.

그러더니 하루는 위의 틀니를 변기에다 넣고 물을 틀어버려서 그거 없으면 당장에 식사를 못하므로 150만원 들여 다시 하는 중이었는데 두 주 후에는 아래 틀니를 변기에 넣고 물을 틀어버리셨다. 간병인이 오히려 미안해하며 식사 때에만 틀니를 내드려야겠다고 했다. 치매병원이 치과 나들이에 우리를 동원하지 않고 다른 환자들과 단체로 진료받으러 다니도록 조치해주는 것만도 감지덕지해야 할 지경이었다.

치매병원에 들어가신 지 1년 조금 더 되었을 때 간호사를 동반하고 나섰던 산책길에 본 옆 건물이 노인전문병원이었는데 그리 옮겨 달라고 하셔서 한동안은 거기 계셨다. 대부분 암이나 심각한 다른 중병 환자들과 함께 지내는 것이 더 낫다고 생각해서 그러셨던 것은 절대 아니고 새로 지은 건물이라 깨끗해서 좋아했던 것 같다.

거기 계실 동안 담당 여의사가 친절한 분이어서 매주 자세한 설명을 들을 수 있었고 요구사항이 가장 많았던 때였던 것 같다. 얼마나 많았으면 기억력은 나도 웬만한데 메모까지 했을까? 병원 밥은 쌀이 나쁘다고 밥부터 미역국, 온갖 반찬, 좋아하는 과일, 심지어는 조끼를 짜고 싶다면서 털실과 대바늘까지 주문했다. 그것도 평소 좋아하던 자주색으로. 혹시나 저러다 돌아가면 후회될까봐 숙제 안 빠트리려는 초등학생처럼 챙기고 또 챙겼다.

그러면 시어머님은 전 주에 그런 것들을 요구했던 기억도 못하고 남편은 무시하라고 그냥 넘어가라고 했던 자기 충고가 너무 정확하다고 의기양양하게 그것 보라고 했다.

노인전문병원으로 옮긴 후 1년쯤 되었을 때 실버센터라고 하는 요양원으로 옮기라는 연락이 왔다. 그래도 우리는 어머님이 원하셔서 그냥 그 병원에 모시고 싶다고 했더니 장애2급이면 국가 보조받을 수 있는데 그걸 받으려면 요양원으로 옮겨야 한다는 것이었다. 덕분에 우리가 매달 납부하는 금액은 삼 분의 일로 줄어들었다.

요양원으로 옮기니까 환경이 바뀌어서 그런지 조금은 반짝하는 것 같았다. 하루는 갔더니 간병인이 재밌어 죽는다는 듯이 그 사이에 있었던 얘길 했다. 감사가 나왔는데, 구체적으로 어디서 나온 감사라는 얘기는 안 했지만 보건복지부 산하 어느 기관이라는 짐작이 갔다.

"할머니 어디가 아프세요?" 하고 물으니 "나 관절염으로 이렇게 입원해 있다오" 했다는 것이다. 두말할 필요도 없이 치매임을 증명해주었다는 것이다.

더구나 그 무렵에는 우리 친정어머니 안부를 자주 물어서 "아직도 여의도에 사시냐?"로부터 시작하면 돌아가신 지 십 년도 넘었다고 대답하기가 아주 난감했다. 자주 찾아뵈라는 당부까지 하는 데야 기가 막혔다.

재작년 가을부터 어머님이 우리를 못 알아보기 시작했는데 미국이나 캐나다에 사는 자손들이 왔을 때 못 알아보는 거야 오랜만에 보는 거라 그렇다고 쳐도 가장 열심히 들락거리는 나를 못 알아보시는 것에 대해서는 상당한 배신감이 느껴졌다.

열심히 가도 못 알아보시는데 뭐 하러 그렇게 열심히 가야 해? 나 살기도 바쁜데 하는 심정이었다.

지지난 주에도 에미 왔냐? 하며 반가워하기에 오늘은 날 알아보시는구나! 했다. 5분 후에 간병인이 와서 나를 가리키며 누구예요, 하고 물으니까 "올케"라고 한다. 조금 있다가 건너편 방의 간병인이 와서 할머니 누구예요 하고 물으니 "우리 올케"라고 한다.

친구 말대로 요양원이라는 곳이 인큐베이터와 같아서 춥길 하나 덥길 하나 감기 걸릴 일이 있나 교통사고 날 일이 있길 하나?

어젯밤에는 캐나다로 이민 간 지 20년이 넘는 큰시누가 전화해서는 우리 어머니 살아 계시긴 한 거냐고 물었다. 혹시 돌아가셨는데도 우리 걱정할까봐 안 알리는 거는 아닌가? 했다면서.

오늘 낮에는 점심 먹으러 가면서 그 얘길 했더니 남편이 우리 어머니 자기보다 더 오래 살면 어떡하지? 걱정을 태산같이 한다. 지난 주에도 아주 쌩쌩하시더라, 우리 어머니 저렇게 10년도 더 사시겠어, 하면서 남편은 심각하기 그지없는데 나는 왜 그사이에 일어난 일들이 코미디 같다는 생각이 드는지 모를 일이다.

먹을 게 왜 이렇게 많지?

남편과 둘만의 생활이 시작된 지 1년 반인데. 아침 식사를 각자 알아서 먹기 시작한 지는 그보다 훨씬 전부터의 일인 것 같다.

우선 아침형 인간인 내가 남편이 일어나는 시간까지 기다리기엔 배가 너무 고파서 그리된 일이긴 하지만 스스로 아침을 챙겨 먹던 남편이 "먹을 게 왜 이렇게 많지?" 하는 데엔 뉘앙스 문제도 아니고 아무튼 너무 다른 의미의 같은 문장이라 웃지 않을 수 없었다.

'먹을 게 왜 이렇게 많지'가 아니라 '먹어야 할 게 왜 이렇게 많지'가 맞는 말이 아니었을까? 매끼 챙겨 먹어야 하는 약까지 포함해서 하는 말이니까 말이다.

젊었을 때는 한약을 안 믿은 것은 물론이고 양약도 가능하면 안 먹었다. 사실 그때엔 그런 약을 먹을 일도 먹을 필요도 없었다. 건강식품 따위는 벌레 보듯 하던 사람이 저 사람 맞아?

만 55세가 되면서 위염으로부터 시작됐다.

본인은 이가 나빠서 씹지 않고 넘겼기 때문에 위염이 왔다지만 아무튼 그해 건강검진 결과 헬리코박터균이 있다고 해서 위염약을 먹은 것이 시작이었다.

그러더니 어릴 때부터 긴장하면 화장실 가는 나를 닮아가나 싶게 화장실에 자주 가는 것을 시작으로 또 다른 문제가 오기 시작했다. 크랜베리 주스가 배뇨기관에 면역성을 키워준다는 걸 알고부터는 하루도 빠지지 않고 마시고 있다. 크랜베리 말린 것은 위가 나빠 못 먹고, 캡슐로 나온 것도 위가 부대껴서 안 된단다.

위염에 좋다고 아침마다 양배추를 주서에 갈아 마시는 걸 시작한 지 6개월이 지나서 위내시경을 했는데 의사도 놀랄 정도로 좋아져서 자기도 먹어야겠다고 했다는데, 그것도 1년 반을 하니까 주스 짜는 것도 지겹지만 마시는 것도 지겹다고 끊었다.

그것 빼고도 먹어야 할 것이 많았다.

대식가였던 사람이 식사량을 줄이면 변비가 온다는 사실을 첨 알았다. 약사 친구의 조언대로 건자두를 먹으니 몇 달은 좋았는데 얼마 안 가서 안 듣는다. 며칠 전에도 유통기한이 지난 건자두를 왕창 버렸다.

미국 갔을 때 트레이더 죠스에서 계산하다 만난 직원의 조언으로 먹기 시작한 플랙시드(아마씨) 가루를 매실 엑기스나 복분자 주스에 타서 먹는데 같은 이유로 시작한 호박고구마도 먹어야 한다.

환갑 무렵에는 기침으로 너무 고생했다. 2월에 시작한 기침이 6월이 되어도 안 떨어지니 무슨 큰 병에 걸렸나 싶어서 온갖 검사를 다 했다. 알레르기 검사까지 했다. 약도 먹었다. 어떤 약도 도움이 안 되고 따뜻한 물을 자주 마시는 것이 그중 제일 나았다고 한다. 그러다가 10년생 도라지에 배를 섞어 짠 배즙을 먹어서 천식이 나은 조카 덕분에 밑져야 본전 식으로 먹어본 도라지가 기침을 낫게 해줘서 우리 집 상비약이 되었다.

손발이 저려서 또 무슨 큰 병인 줄 알았는지 혼자 간직한 비밀이었다가 매일 바나나를 먹으면서 나았는데 그게 마그네슘 부족일 때 나타나는 증상이라는 건 뒤늦게 알게 된 사실이다. 그래서 우리 집엔 바나나가 떨어지면 절대 안 된다. 그러니 바나나도 먹어야 하고, 오메가3도 먹어야 한다. 오메가3를 왜 먹어야 하는지 모르고 먹다 말다 하다가 『옥수수의 습격』이라는 책을 읽고 오메가3 전도사가 된 마누라 덕분이다.

우리가 아니 전 세계가 먹는 육류, 다시 말하면 소, 돼지, 닭 등의 99%는 옥수수 사료로 키워진다고 한다. 옥수수는 지구상에서 가장 빨리 자라는 식물이긴 하지만 다른 목초에 비해 오메가3가 태부족한 식물이다. 그러니 오메가3를 따로 먹어줘야 한다는 것이다. 아직 검증되지는 않았지만 여러 가지 증상들이 오메가3 부족 때문이고 그 책에서는 비만도 옥수수 사료로 키워진 육류 때문이라고 암시하고 있다. 식품으로 보충하려면 견과류, 들기름 그리고 등 푸른 생선을 먹어야 한다고. 오메가3는 하루 권장량이 2,000밀리그램인데 식품으로 먹으려면 매일 얼마나 먹어야 하나?

엘에이에 공부 간 아들은 새해 선물로 떡을 보냈다. 헛돈 쓰지 말라고 괜찮다고 하니까 돈 쓰는 거 아니고 포인트 남아 있어서 쓴다고 했다. 서울 시간에 맞춰 인터넷으로 회사 포인트 몰에 들어가 주문했으니 제발 친척 집에 들고 가는 식으로 재활용하지 말고 엄마 아버지가 드시란다. 그러니 효도선물 두텁떡도 먹어야 하고.

양파를 썰어서 포도주에 채워 넣었다가 3일 지난 뒤 분리해서 술에 찌든 양파는 요리에 넣고 양파 냄새 진동하는 포도주는 자기 전에 소주잔으로 한잔 따라 마시면 불면증, 혈압, 동맥경화에 좋다고 하는 정보를 듣고 와서 선물 받은 비싼 포도주를 한 병 다 부었다. 알코올 분해효소가 안 나와서 어떤 술이든 한 모금만 먹어도 온몸이 가려워지는 사람한테는 하루 해보고 포기할 수밖에 없는 헛수고였다.

인도 사람들 때문에 치매 예방된다고 카레라이스를 매주 먹으라고 하고 중국 사람들 때문에 암 예방에 좋다고 양파와 양배추를 매일 먹으라고 한다.

그러니 어떻게 '먹을 게 왜 이렇게 많지? 하지 않을 수 있겠는가?

지지난 주에는 텔레비전 프로 〈생노병사의 비밀〉에서 봤다면서 우엉차가 만병통치약이란다. 몇 번이나 얘기하기에 우엉을 사왔다. 남편이 가르쳐주는 대로 만들다가 확실치 않아서 인터넷에 들어가보니 사진까지 친절하게 나와 있고 어떤 증상이 나아지는지도 자세하게 설명하고 있다. 다음 날 작은 생수병에 넣고 들고 다니면서 종일 마시더니 온몸이 가렵다고 한다. 끓으니까 안 가려워서 알레르기가 있는 것 같은데 저렇게 말려놓은 우엉은 누가 다 먹지?

친구한테 전화로 우엉차 얘기했더니 그건 한물간 거란다. 요즘은 무차가 새로 떴다며 무말랭이를 끓이라고 한다. 그러면서 자기는 무말랭이 만드는 선수니까 만들어준단다. 남편한테 권해야 해 말아야 해. 이건 무슨 개콘도 아니고.

만 원짜리

우리 어렸을 때는 여성들한테 부의 과시가 패물이었던 것 같다. 엄마들은 그저 좋은 보석 장만하려고 호시탐탐 기회를 노렸고 그래서 갖가지 보석으로 된 목걸이 반지 세트를 가지는 것이 취미인 사람들도 많았다.

딸을 결혼시킬 때도 함에 목걸이 반지가 어떤 보석으로 몇 세트가 들어 있으며 다이아는 얼마나 큰 것이냐가 주된 관심사였다. 재테크가 되는 취미 생활이라고 자기합리화를 하고 이를 주장하던 사람들도 있었다.

그러나 세월이 지나면서 사람들의 취향이 달라져서 그런지 유행하는 보석이라는 것도 없어졌다. 살아보니까 결국 돈이 되는 것은 금과 다이아뿐이라는 결론에 도달한 것처럼 보이기도 했다.

시어머님은 치매병원에 들어가신 지 얼마 안 되었을 즈음 당신이 평생 모은 패물주머니를 찾으셨다. 몇 개 안 되는 반지 목걸이 중에 진주 목걸이가 셋이나 된다는 것은 놀라운 사실이었다. 물론 천연 진주는 아니고 양식 진주겠지만 그중에서도 알이 제일 굵고 누런 빛이 나는 것을 나에게 주셨다.

양식 진주조차도 너무 비싸게 느껴져 안 사고 아버지 부시 대통령 부인도 이미테이션만 걸었다는데… 하며 동료의식을 갖는 나한테는 정말 큰 선물이었다. 잠그는 부분 장식이 달아나 없는 것을 새로 달려고 금은방에 가지고 갔다. 자기네한테 일감을 가져다줬는데도 불구하고 주인이 극구 말리는 것이었다. 이렇게 안 예쁜 걸, 그리고 이렇게 무거운 걸 요즘 누가 차고 다니느냐는 것이다. 헛돈 쓰지 말라는 것이었다.

요즈음에는 인조 보석이나 액세서리가 진짜보다 더 예쁜데 누가 그걸 걸고 다니겠느냐 더구나 돈도 되지 않는 걸 하며 말리고 말리는 데 설득 당해 그냥 들고 돌아왔다.

내가 자주 다니는 H백화점 1층에서 귀걸이 목걸이 세트나 반지를 만 원, 만 원 하며 팔고 있는 현상과 무관하지 않으리라.

언제부터였나? 역사가 길지만 여성들은 좋은 옷 입는 것으로도 뽐낸다. 비싼 옷 사느라 딴 주머니가 필요할 정도다. 결혼식을 위시한 각종 모임에 가려면 옷 걱정부터 하는 세태가 현실이 되었고 덕분에 유명 의류 메이커들이 수없이 등장해서 외국에 나가도 우리나라 옷처럼 바느질이 고운 옷들을 만나기가 어렵다고 할 정도였다.

정확히는 모르겠지만 재재작년? 백화점에도 세일하는 품목 중에 만 원짜리가 등장하기 시작했다. 어떻게 생각하면 지하철 역마다 우후죽순처럼 생겨난 의류상가들부터 시작했는지도 모르겠다.

백화점에서 처음으로 만 원짜리 여름 티셔츠를 만났을 때 너무 좋아서 괜히 이 사람 것도 고르고 저 사람 것도 고르는 식으로 사다 뿌렸는데 그것도 한두 번 해보니 받는 사람들도 처음처럼 별반 신나지도 않고 재미있어하지도 않아서 그만뒀다.

의류학 전공 교수이면서 옷 사러 갈 때는 나랑 주로 잘 다니는 친구는 만 원짜리를 만날 때마다 "이거 이렇게 잘 만드는데… 만 원으로 만들 수가 있냐?"서부터 "지각 변동이 일어나고 있어. 만 원으로 이렇게 좋으면 누가 비싼 옷 사입겠어? 우리나라 부티크숍들 일대 개혁을 하지 않으면 살아남을 수 없을 거야"라고 말했다.

또 "이렇게 베트남서, 중국서 다 만들어 오면 우리 아이들 어디 가서 취직하냐?" 하더니, 결론은 꼭 자기가 가르치는 제자들 상당수가 의류회사로 취직해 나가는 현실을 두고 걱정하는 소리다. 사실 내가 아는 고급 옷 메이커들도 지난 3년 사이에 여럿이 망해 나갔다.

만 원짜리 옷의 등장이 오로지 중국이나 동남아라는 값싼 노

동시장 때문일까? 보석이나 비싼 옷으로 부의 과시가 된다고 생각하는 것이 이미 구시대적 발상이 아닐까?

너도, 나도 차를 끌고 등장하기 시작했던 것이 언제였지? 구체적으로는 1990년대 초가 아니었나 싶다. 차를 모는데 장갑이 필수적이 아닌데도 정장에 흰 장갑 끼고 실내로 들어오면 그건 자기가 마이카 소유주란 의미였는데 나는 그게 왠지 코미디 같다는 생각이 들어 혼자 쿡쿡 웃곤 했다.

처음에는 차만 끌고 다니면 그게 중고차든 소형차든 자기 차라는 것만으로도 부의 과시가 되는 듯했는데 곧 또 고급화하기 시작했다. 무슨 차를 모느냐가 관심사가 되었고 차가 업그레이드되기 시작했다. 모임 한번 하려면 차를 몇 대나 세울 수 있는 식당인지 체크해야 하고 그 때문에 무산되는 회식도 있었고 그 때문에 장소가 바뀌는 경우도 많았다.

그러다가 차를 몰고 갈 곳이 그렇게 많지는 않았던지 골프를 치기 시작했다. 몇 년씩 필드에 한번 못 나가고 골프연습장만 들락거리는 여성들도 있었다. 실력은 있는지 없는지 모르겠지만 실력보다 훨씬 좋은 골프웨어를 입는 것만은 분명했다. 골프복 전문 메이커들이 우후죽순 생겨나고 그리고 성황중인 걸 보면.

오륙 년 전부터 명품백 드는 세태가 등장했다. '수십만 원짜리는 명품이라고 하지 않는다니까'라며 목에 힘줄 세우는 사람들도 있다. L 명품백은 금년에 새로 나온 모델이 삼백오십만 원이라는데 지금 겨우 2월인데 벌써 동이 났다고 한다.

앞으로 얼마나 더 명품백이 세도를 누릴까? 명품백 유행도 그리 오래 가지 않으리라 싶다. 눈비 맞을까 들고 다니기 겁난 다고 하듯이 유지도 힘들고 우리 나라 사람들 싫증도 잘 낸다. 유행이 빨리 바뀌는 것도 한몫하겠지.

젊은 사람들은 매년 해외 어디로 휴가 갈까 고민이고 중년들 은 결혼 30주년, 40주년에는 어딜 가느냐가 관심사다. 해외여 행 '어디 가' 하거나 '어디가 좋아'가 뜨거운 이슈이고 경기가 바 닥을 친다고 아우성인데 연휴 때 공항은 이용객이 증가추세다. 어떤 사람들은 30개국, 50개국 가봤다고 자랑한다. 크루즈 여 행도 화제가 되고 있다.

친구 둘이 부부 동반으로 미국 서북부의 유명 골프 코스를 순회하면서 골프 쳤다고 하는 얘길 들었을 때만 해도 골프를 워낙 좋아하니까 그럴 수도 있겠구나 싶었다. 비용이 얼마 들 었을까 궁금하지 않았다.

작년 가을 친구 언니 내외가 한 달 열흘 동안 유럽의 유명 골 프 코스를 순회하며 골프 치는데 1인당 오천이백만 원이 든다 는 얘길 듣고 정말 놀랐다. 그런 커플이 한둘이 아니고 아는 사람들끼리 모여서 단체로 간다고 하니까 더 놀라게 되는 것 이었다.

도대체 나는 무엇으로 부를 과시했나 하는 생각을 해보았다. 보석도 아니었고 옷도 아니었고 고급 차도 아니었다. 골프는 아예 입문도 안 했으니 그것도 아니었고 명품백조차 없으니 그 것도 아니다. 해외여행이라곤 자식들이 가 있어 미국 들락거리고 십여 년 전 홍콩에 학회 발표가 있어 다녀온 것이 전부이니 그것도 아니다.

과시할 부가 있기나 해?

이제 알겠어. 내가 왜 그렇게 만 원짜리를 좋아하는지.

다시 가보고 싶었던 두 호수

결혼 25주년은 언제 지났는지도 모르게 지나갔는데 따져보니까 친정어머님이 암투병하다 돌아가신 해였고 결혼 50주년, 금혼식을 하려면 앞으로도 10년을 더 살아야 하는데 그 새 뭔일이 있을지 모르는 일이다.

그래서 남편 친구들이 다들 결혼 40주년이라고 여기 다녀왔네, 저기 가네 난리들인 모양이다. 우리도 당연히 여행 가야 하는 것처럼 남편은 알프스 가서 하이킹하고 싶다고 염불을 왼다. 나는 열 시간 이상 비행기 타고 가서 하이킹할 체력이 못 되니까 캘리포니아에 가서 손녀들이나 한번 더 보고 싶다고 했다.

미국 내에서 간다면 어딜 가고 싶으냐고 묻기에 생각도 없이 일촉즉발로 솔트레이크와 맥도날드레이크라고 대답했다.

1995년 미국에 안식년으로 갔을 때 옐로스톤 국립공원을 거쳐 캐나다 밴프로 가는 길에 두 호수를 거쳐 가긴 했지만 예습이 없어서 그랬는지 대충 보고 지나갔다. 맥도날드 호수 물이 너무 맑은 것에 충격적으로 매료되어 좀 더 있고 싶었는데 남편이 갈 길이 멀다며 재촉하는 바람에 점심만 먹고 바로 떠나면서 언젠가 꼭 다시 오고 싶다는 생각을 했다.

샌프란시스코에서 솔트레이크까지 비행기로 갈 수도 있지만 네바다주와 유타주의 경계부터 보이기 시작하는 솔트레이크를 경험하기 위해 차로 갔다. 섭씨 40도가 넘는 네바다 사막을 사흘 동안 달려야 했다.

네바다주의 엘코라는 동네에서 두 번째 밤을 자기로 했는데 조그만 시골 동네일 거라는 예상과는 달리 새집들도 많은 붐타운이었다. 저녁 먹으러 간 중국집에서 만난 백인 웨이터한테 물었더니 금광이 있다고 한다. 금광 개발로 "사람보다 집이 더 많다고 할 정돕니다"라는 설명이 더 재밌다.

금광 개발은 서부 개척시대를 지나면서 다 끝난 줄 알았는데 이 사막 한가운데서 아직도 진행 중이라니. 갑자기 약간은 지루하게 달려온 사막, 그 땅 밑에 전부 금이 묻혀 있는 거 아냐? 하는 근거 없는 착각에 빠져 설령 그렇다고 해도 별무 상관인 내 마음도 들뜬다.

유타주로 넘어가기 전 마지막 동네인 웬도버를 지나면서 보니 반은 네바다주, 반은 유타주다. 네바다주와 유타주 경계에서부터 소금 호수 솔트레이크가 보이기 시작한다. 18년 전에 왔을 때처럼 호수가 찬란하게 반짝이지는 않았지만 더구나 그때는 찻길 양옆으로 파도가 일렁이고 있었는데. 지금은 다 말라서 마치 염전에 물 빠진 것같이 물이 소금이 되어 호수는 멀리 있는 것처럼 보였다. 나중에 비행기로 오면서 보니까 호수가 얼마나 넓은지 하늘에서 보는데도 한눈에 들어오지도 않는다.

전망대에 차를 세워 올라가보니 그 넓은 호수는 뭐랄까 호수가 이렇게 넓을 수도 있다는 것을 보여주려는 듯 그것도 바닷물의 8배나 되는 염도를 흰 색으로 발산하고 있었다. 멀리, 멀리 지평선까지 온통 흰 색이다. 액체 물의 호수인가, 고체 소금의 호수인가?

맥도날드 레이크는 몬태나주 그레시어 국립공원에 있기 때문에 솔트레이크시티에서도 북쪽으로 3일은 더 가야 한다. 그런데 1988년 천둥 번개로 자연 발생했던 산불이 숲을 거의 다 태워버려 원래의 아름다움을 회복하려면 백 년은 걸려야 한다는 옐로스톤 국립공원과 지금은 오히려 옐로스톤보다도 더 예쁜 그랜드 티톤 국립공원을 가는 길목에 두고 어찌 그냥 갈 수 있겠는가?

그랜드 티튼 국립공원은 제니Jenny Lake, 리Leigh Lake, 잭슨 레이크 세 호수를 앞에 두고 있는 산맥들로 이루어져 있는데 그

중에서도 그랜드 티튼 산이 4,197미터로 가장 높고 그 다음이 모란 산으로 3,842미터다.

스위스 풍경 못지않게 아름다운 산은 햇빛의 방향과 시시각각 구름이 어느 부분에 어떻게 걸리느냐에 따라 다른 모습을 보여주기 때문에 '산이 살아 있음'을 느끼게 하기에 충분했다.

잭슨 레이크 쪽에 있는 시그날 마운틴 럿지에 점심을 먹으러 들어갔다. 수천 미터의 높은 산이 거울에 비치듯 물에 비치는 경치를 앞에 둔 호숫가 식당은 가격이 꽤 비쌀 만한데도 동네 보통 식당 가격이다. 여행 떠날 때부터 버펄로 스테이크를 먹어보겠다고 벼르던 막내가 바이슨 버거를 먹겠다고 선언한다. 나도 용기를 냈다. 소고기 못지않게 맛있다. 서빙하는 웨이터들이 입은 시그날 마운틴 로고가 있는 곤색 티가 맘에 들어서 선물가게로 갔다. 가게를 다 뒤져도 없어서 물었더니 회사 거라면서 직원인 자기들이 사고 싶어도 못 산다고 했다.

옐로스톤과 그랜드 티튼 국립공원은 위아래로 붙어 있어서 그랜드 티튼이 끝나는 북쪽 끝에 옐로스톤 남문이 있고 입장료도 한번만 내면 두 공원을 다 볼 수 있다.

옐로스톤에서는 아직도 오후 6시에 몇십 미터씩 올라가는 온천이 솟는 올드 페이스풀을 볼 수 있었다. 사실 거기는 100년도 더 된 통나무로 지은 숙소의 아름다움 또한 사진 안 찍고 지나가면 아쉬운 곳이다. 거기서 한번 자본다고 몇 달 전에 연락했는데도 적어도 1년 전에 해야, 예약이 가능하다고 해서 딱 지 맞았던 럿지다.

유황온천 중에서는 이름 그대로 가장 큰 맘모스도 많이 마르긴 했지만 아직도 온천물이 연기를 모락모락 피우며 유황 냄새를 풍기며 흘러내리고 있었다. 아이스크림을 먹는다고 들른 건물 앞에는 멋진 뿔을 뽐내는 무스가 열 마리 넘게 뒹굴고 있었다.

공원 내의 길을 달리다가 교통체증에 걸려 무슨 일인가 하고 내다보면 곰, 버펄로, 들소 바이슨, 무스, 사슴 같은 야생동물들이 출현했기 때문인데 남녀노소 모두 카메라나 핸드폰을 들고 파파라치나 되는 양 사진 찍으려고 몰려드는 것이 스타 출현과 다를 바 없다.

그래이서 국립공원도 붙어 있으면 좋으련만 중간에 하루 자면서 가야 한다. 우리가 묵었던 몬태나주의 뷰트Butte라는 곳은 구리광산이 있어서 다른 시골 동네와 달리 호텔, 모텔도 많고 맥도날드나 KFC 같은 체인 레스토랑도 다 들어와 있고 KIA 자동차 딜러까지 있어서 반가웠다.

몬태나주에는 남서부 쪽만 해도 25개의 고스트 타운이 있다. 대부분은 금광이 개발되는 동안 생겼던 동네로 2천 명, 내지 2천5백 명 정도 살았다는데 금이 바닥나면서 사람들이 떠나 비워진 곳들이다. 워낙 관리를 잘하고 있어서 시간 있으면 둘러

볼 만하다. 가끔 인디언들의 천막집 티피도 보이고 작은 목장, 큰 목장에서 목초 먹고 자라는 소들도 구경했다.

뷰트를 떠나 그레시어 국립공원까지 가는 길은 지평선이 보이는 곳까지 펼쳐진 푸른 초원. 하늘까지 더 넓고 더 높고 더 푸르게 보인다. 세상이 얼마나 넓은지 보고 싶으면 여기 와서 보라고 하고 싶은 곳이다. 너무 좋아서 다음 생에는 이런 곳에 태어나면 어떨까 하는 생각이 들었다.

그레시어 국립공원 입구에 도착해서 차를 탄 채 간이매표소 앞에 줄 서고 있는데 반대편에서 공원 밖으로 나오던 차가 우리 차 앞에서 멈춘다. 그러더니 입장권을 주고 간다. 한번 사면 일주일 쓰는 입장권인데 자기들은 하루 보고 떠나니까 아까워서 그런지? 법치주의 국가 미국 사람도 그런다는 것이 어리둥절하다. 그래도 운전하던 막내는 좋아 죽는다. 그렇지 않아도 옐로스톤에 들어갈 때는 시니어로 할인받으려고 했다가 미국 시민이 아니어서 못 받았던 생각이 났다.

드디어 맥도날드 호수에 도착했다. 숙소로 예약해둔 아프가빌리지는 길쭉한 호수의 아래쪽 끝에 있어서 병풍처럼 산으로 둘러싸인 호수를 한눈에 볼 수 있는 곳이다.

물가로 뛰어갔다. 내가 반했던 것이 이 호숫물의 맑음이었지! 여전히 바닥에 깔린 여러 색깔의 조약돌들이 환히 들여다보이는 맑고 투명한 물이었다. 여러 톤의 분홍 노랑 보라 파랑

회색의 돌들을 들여다보면서 "내 눈이 많이 나빠졌네… 더 아름다웠던 것 같은데" 하는 생각을 잠시 했다.

북미에서 가장 아름다운 곳이 캐나다 밴프라고 하지만 그레시어 국립공원이라고 하는 사람들도 있다. 워터튼-그레시어 공원은 사실상 북부는 캐나다에 있고 남쪽 삼 분의 이 정도가 미국에 있다. 캐나다 쪽 공원이 워터튼, 미국 쪽이 그레시어 국립공원이다. 록키산맥 일부로 아직도 빙하가 남아 있는 산과 무수히 많은 호수, 낚시터, 골프장, 승마 코스, 셀 수 없이 많은 트레일 코스 참으로 무궁무진하게 놀이터도 많다.

공원 내에는 셔틀버스로 구경 다니는 사람들도 많고 캠핑장에도 사람들이 북적이지만 쓰레기 한 톨 떨어져 있지 않다.

사촌 시아주버님이 환갑 때 난생 처음 미국 여행을 다녀와서 소감을 물으니 어떻게 그렇게 큰 나라가 어딜 가도 잘 가꾸어졌다는 느낌을 받게 하느냐고 했던 말씀이 생각났다.

아이들이 커버린 뒤로 여름휴가를 안 다닌 지 여러 해 되었지만 바캉스 시즌마다 텔레비전 뉴스에서 보는 휴가지 쓰레기 더미가 생각났다. 우리는 왜 이게 안 될까? 네바다주 엘코를 떠나면서부터 주민도 여행객도 백인들뿐이었던 생각이 나서 영국 종자들은 아니 백인은 다른가 하는 생각까지 해보았다.

아직 산수의 아름다움을 알기에는 어린 스물네 살 막내는 내 눈에는 띄지도 않는 래프팅 광고를 어느새 봤는지 그거 한다고 홍분이다. 강원도 동강에서 여러 명이 타는 건 해봤으니까 혼자 타는 거 한단다. 나는 호수에 발 한번 담그고 싶어도 아무도 그렇게 안 하니까 바라만 보고 있는데 저놈은 웬 복이 그렇게 많아서 맥도날드 레이크에 몸까지 담가? 래프팅 회사가 찍어준 사진을 보니 더 그렇게 느껴졌다.

꽃장식이 더 기억에 남는다는 맥도날드 럿지에 가서 또 그 맑은 물과 바닥에 깔린 오색 찬연한 조약돌들을 들여다보았다. 내 시야가 닿는 곳까지 바닥이 훤히 들여다보인다. 저녁 먹은 후에는 어떤 모습일까 하고 갔더니 밀물이 들어온 것처럼 호수 물이 불어나서 조약돌들을 감춰버렸다.

새벽에도 갔다. 아침 해가 뜨는데 어렴풋이 물안개가 낀 호수는 더 아름다웠다. 저렇게 아름다운 호수 위를 걸어갈 수 있으면 죽어도 한이 없겠네. 왜 이렇게 좋은 곳에 와서 죽음을 생각하지? 나이 먹었다는 증거? 다시 오기는 힘들 것 같아서?

선물가게 청년이 서울서 왔다니까 "정말 먼 데서 왔네요" 하던 대답이 실감났다. 멀긴 멀지만 아직도 다 보지 못한 경치가 너무 많아서 다시 오고 싶은걸.

삼겹살

월요일 아침이다.

문화센터 수필반이 10시에 시작인데 우체국은 9시에 연다. 집에서 10분 걸어가서 별 탈 없이 소포를 포장하고 부쳐도 또 10분 이상 걸어가야 백화점에 도달하니 바쁘다, 바빠. 발걸음을 재촉하고 있는데 저만치서 마주 오던 50대 후반 정도 돼보이는 아줌마가 나를 보더니 자기 배를 내려다보면서 티셔츠를 정리하여 집어넣고는 또 내 배를 본다.

그래, 삼겹살이야. 이 삼겹살이 문제지.

오늘은 지난 주에 제출한 수필을 합평받기 위해 앞에 나가야 할 것 같아 골라 입은 옷인데도 삼겹살이 보인다 이거지? 재킷 안에 입은 티셔츠가 몇 년 된 거니 좀 끼겠지. 그렇다고 내 배를 보고 또 자기 배를 보고 할 건 뭐람. 김새게.

전부터 알고 지낸 철학과 교수를 지난 학기 강의 나가면서 7

~8년 만에 만났다. 독일에서 박사학위 받고 갓 들어왔을 때는 너무 앳돼보여서 어디 대학원생 같은 사람이 들어왔구나 싶었는데. 그 새 배 나온 아저씨가 되어 있었다.

묻지도 않았는데 스스로 설명한다. 일주일에 서너 번씩 저녁 회식에 나가면 무조건 소주에 삼겹살을 먹으니 자기가 15킬로 찐 것이 무리는 아니라는 설명이다. 그러면서도 앞으로 삼겹살을 좀 덜 먹어야 할 것 같다거나 또는 무슨 대책을 세워야겠다고 하지 않는 것이 차라리 좋아보였다. 나도 해봤지만 그래 봐야 공염불이지.

온 나라가 갈비 먹다가 삼겹살을 먹기 시작한 것이 언제지?

최진실이 한창 잘나가던 시절 1990년대 중반이 아니었을까? 너무나 아리따운 아가씨가 텔레비전에서 당당하게 제일 좋아하는 음식이 삼겹살이라고 해서 놀랐던 기억이 난다. 그때까지만 해도 김치, 된장찌개 또는 스테이크 좋아한다는 아가씨는 봤어도 삼겹살이라고 하는 건 처음 봤으니까. 이젠 늘씬하고 예쁜 아가씨가 삼겹살을 먹어도, 좋아한다고 당당히 공개해도 될 만큼 시대가 변했구나!

막내아들 조기유학 뒷바라지한다고 미국 가 있는 동안 텔레비전에서 제일 많이 본 프로가 당시 요리 채널에서 가장 잘나가던 에머럴 라이브 쇼였다. 내 둘째동생이 이탈리아 사람으로 태어났으면 꼭 저 사람일 거라는 생각이 들 정도로 닮아서 쇼

못지않게 쇼호스트도 좋아했다. 내 동생도 건축 공부하지 않았으면 요리사가 되었을 거라고 한다. 그런데 그 사람 역시 지금의 나 못지않은 삼겹살이었다.

베이컨을 좋아하지 않은 미국 사람은 본 적이 없지만 에머럴 역시 베이컨을 쓰는 요리를 하게 되면 빠트리지 않고 하는 얘기가 세상에서 제일 맛있는 것이 삼겹살이라는 것이다. 언젠가는 자기 배를 어루만지며 이게 다 삼겹살 때문이라고도 했다.

내가 친했던 S은행 조 차장은 은행원들이 돈 먼지를 많이 마시기 때문에 주기적으로 삼겹살을 먹어줘야 한다고 했다.

"왜 사람들이 황사 올 때 삼겹살 많이 먹잖아요? 그래야 몸에서 빠져나간대요. 마찬가지 이치죠, 뭐."

에이그, 그냥 맛있어서 먹는다고 해, 무슨, 뭐가 빠져나가긴 뭐가 빠져나가?

몇 달 전에는 텔레비전에서 오겹살이 삼겹살보다 더 비싸야 할 이유가 없는데 비싸다는 뉴스가 나오더니 그저께는 수입산 삼겹살은 국내산 삼겹살보다 길이가 짧아서 발로 밟아서 길이를 늘인 다음 섞어서 판다는 보도가 나왔다. 삼겹살을 발로 밟는 현장 보도는 정말 입맛 떨어지게 하는 장면이었다.

그런데 어제 뉴스는 더 치명타였다. 삼겹살 1인분의 열량이 쌀밥 세 공기와 맞먹는다는 것이다. 고로 나처럼 삼겹살 좋아하는 사람들은 종일 밥을 굶어야 삼겹살을 1인분 먹을 수 있다는 논리다. 정말 골때리는 삼겹살이네.

함께 뉴스를 보던 남편이 이제 삼겹살은 그만 먹어야 한다고 선포한다. 그만 먹자고 한 것이 어디 한두 번인가? 남편은 생으로 굽는 요리 '삼겹살'만 삼겹살이지 다른 데 넣으면 그게 삼겹살인지 아닌지도 잘 모른다. 삼겹살로 고추장불고기를 하거나 보쌈, 또는 김치찌개에 넣는 건 별로 지적하지 않는다. 그러니까 더 이상 삼겹살을 먹지 말자고 할 때의 경고를 피해가는 방법이 없는 건 아니다. 밖에 나가 다른 사람들하고 식사할 때 먹는 방법도 있다. 문제는 그렇게까지 치사하게 해가면서 삼겹살을 먹어야 할 것인가이다.

진정 나의 '삼겹살' 때문에 세상에서 제일 맛있는 음식을 먹지 말아야 할 것인지? 솔직히 포기하기가 절대 쉽지 않다.

제5장

못 말리는 유전자

레드우드 국립공원

이번 여행의 목적지를 레드우드 국립공원으로 정한 것은 우선 큰아들네가 사는 프리몬트에서 340마일 정도라니까 가깝고 캘리포니아에서는 요세미티 국립공원을 최고로 치긴 하지만 몇 년 전에 한번 갔었기 때문이다.

젊었을 때 같으면 340마일 정도는 당일치기 하고도 남을 거리지만 자신이 없어서 중간지점에 있다는 크리어 레이크에서 하루 자기로 했다. 프리몬트를 떠나서 프리웨이 880 북으로 올라가는데 감회가 깊었다. 40세가 된 큰아이가 태어난 뒤로 미국에서 둘이 차로 여행하는 것은 처음이었기 때문이다.

샌프란시스코를 지날 무렵 안개가 자욱했다. 앞이 안 보일 정도로 짙은 안개. 리치몬트 다리는 안개비 속에서 너무나 분위기 있어 보여 멋있었다. 조금 더 올라가니 안개는 온 데 간 데 없고 해밀턴이라는 동네에 스페인식 건물들로 된 상가의 노천 카페에서 점심 먹는 사람들이 보인다. 우리도 들르자고 했다.

미국에선 커피를 주문할 때 보통 레귤러로 하거나 커피 오브 더 데이로 하는데 메뉴에 아메리카노가 있기에 시켰더니 놀랍게도 커피를 국 대접으로 준다. 사약 사발보다 더 큰 대접이니 커피를 마시는 것이 아니라 대적하는 기분이다. 커피 맛은 끝내준다.

북쪽으로 올라가다가 숙소를 예약한 레이크포트로 가는 175번 도로로 들어서니 산은 푸르고 깊어서 좋았지만 현기증이 날 정도로 아리랑고개다. 17마일 가는 데 한 시간이 더 걸렸다. 호숫가에 있는 말라드 하우스 인은 판잣집 같은 건물 네 동으로 이루어진 모텔인데 객실이 모두 열셋이라고 한다. 오피스에 오십 정도 되어보이는 중국 여자가 우리를 맞아주어 주인이냐고 했더니 그렇단다. 13년째 운영하고 있다고 묻지도 않은 얘길 하는 얼굴이 스스로가 대견하다는 표정이다.

우리가 묵었던 방은 서울 같으면 20평형 아파트 정도 될 것 같다. 4인 가족이 밥해 먹을 수 있는 설비가 갖추어져 있다. 거실에서 나가게 돼 있는 베란다에는 야외용 식탁도 있다.

어느새 저녁 시간이라 무얼 먹을까 하고 찾아나서는데 젓가락Chopsticks이라는 중국집 간판이 보였다. 4인용 테이블이 열두 개가 있는 교실만 한 크기의 식당인데 손님은 한 사람도 없다. 20대로 보이는 젊은이가 주문받는데 말더듬이다. 어머니로 보이는 여자가 음식을 재빨리 만들어주고는 우리가 먹는 동안 부엌 쪽 테이블에서 신문을 읽는다. 그래도 전화 주문이 서너 건 들어오고 손님들이 와서 테이크아웃 하는 걸 보니 식당이 되긴 되는 모양이다.

아침은 숙소 길 건너에 있는 Rene's Cafe로 갔다. 백인 할머니 세 분이 일하고 있는 깔끔하고 검소한 식당인데 손님들도 꽤 많다. 맥도날드에 비하면 비싼 편이지만 음식을 좋은 재료로 깔끔하게 준비했다는 인상을 받았다. 음식을 남기기가 송구스럽게 느껴질 정도로 정성스레 준비한 음식이다. 전날 저녁의 중국집 음식과는 너무나 대조적이었다.

이제부터 레드우드 국립공원이 시작되는 대망의 유레카로 향하는 날이다. 캘리포니아를 상징하는 누런 민둥산은 전혀 없고 키가 오륙십 미터 되는 숲길이 나오는 드라이브 길이 경건하다. 산의 크기와 나무의 크기, 푸름과 풍요로움이 환상적이다. 이 아름다움을 잘 표현하려면… 하는 생각을 하다가 대가들의 금강산 답사기도 별반 시원치 않던데. 나라고 무슨 뾰족한 수가 있겠냐고 자위한다.

드디어 오후 4시 남편이 으스대던 비싼 숙소 카터 하우스 인에 도착했다. 고풍 찬연한 4층 건물의 문을 열고 들어가니 프론트에 정장을 한 백인 남자가 정중하게 맞는다. 생전 가본 일이 없는 영국이 생각나게 하는 분위기다.

우리가 묵을 객실은 길 건너에 있는 건물이란다. 감색으로 다시 색칠한 것이 분명해서 백 년 전 부자가 살았던 저택이 인 Inn으로 둔갑했구나 싶다. 그래서 비싼 거였구나. 호텔닷컴이 구해준 숙소란다.

반지하가 있는 건물이라 계단을 열 개 정도 올라가서 대문이 있다. 1층 전부가 거실이다. 거대한 컬러니얼 풍의 응접세트가 세 세트나 놓여 있는데도 넉넉한 거실이다. 댄스파티도 할 수 있을 만큼 넓다. 객실은 지하, 2층 그리고 3층인데 우리는 부엌이 있는 2층을 쓰라고 한다. 어마어마하게 큰 침실 둘도 부담스러웠지만 화장실에 가려면 옷방을 거쳐 욕조가 있는 욕실 문을 열고 그러고도 별도의 샤워장 옆 화장실 문을 열어야 하니 부담스럽다. 샤워실에 샤워 꼭지가 앞뒤로 두 개 있는 것도 처음 본다. 우리는 이 집을 즐기러 온 것이 아니라 국립공원을 관광하고 숙소에 와서는 잠만 자면 되는데. 하루만 자고 다른 숙소로 옮기기로 했다.

유레카는 뭐랄까 예쁜 곳이 별로 없는 동네다. 바다를 보며 즐길 수 있는 식당이라는 광고를 보고 찾아간 베이 프론트 식당은 바닷가에 있어 바다를 보며 식사할 수 있는 곳이긴 했지만 아름답기로 말하자면 제주도 성산포 섭지코지에 있는 식당이 훨씬 낫다.

이튿날 아침 주차장에서 우리 건물 3층에 묵었던 두 백인 청

년을 만났다. 고3들이 집이 엘에이 부근이라니 차로 족히 15시간은 걸렸을 텐데 이렇게 여행 온 걸 보니 미국은 미국이구나 하는 생각이 들었다. 자기들은 사흘 전에 와서 다 돌아봤는데 다 비슷비슷한 숲이었다며 가장 좋은 숲은 레이디 버드 존슨과 빅 트리였다고 팁을 준다.

유레카를 나설 때부터 가랑비가 오기 시작했다.

버드 존슨 숲은 1.5마일 걷게 되어 있었는데 우산이 필요하다며 비치용 커다란 우산을 꺼내들던 남편은 다른 사람들이 모두 그냥 가는 것을 보더니 도로 갖다놓는다. 숲이 깊어서 우산 노릇을 해주었는지 별로 젖지 않았다. 정확하게 여기는 아니겠지만 영화 〈쥬라기공원〉을 레드우드 국립공원에서 촬영했다는 것이 맞나보네. 어쩜 영화에서 본 것과 똑같은 숲이네! 평생 관광안내소에서 일하고 있다는 백인 여직원이 알려준 팜 카페는 사람들로 북적였다. 워낙 외지여서 먹을 수 있는 곳이 많지도 않았지만 동네 사람들에게도 인기 있는 식당인 것 같다.

안개비 속에 찾아간 빅 트리는 키가 92.6미터, 둘레가 20.7미터 직경이 6.6미터나 된다. 수령이 1,500년이라고 한다. 어떻게 그렇게 긴 세월을 버티어낼 수 있었는지 신기하고 신기했다. 나무 꼭대기가 하늘에 닿아 있어 쳐다보느라 목이 아플 지경이다. 카메라에 다 담을 수도 없는 높이인데 사람들은 너나 할 것 없이 모두 사진 찍느라 분주하다. 이곳도 숲이 깊어 다른 나무들도 못지않게 키가 큰데 모두 빅 트리만 쳐다본다.

온종일 안개비 내지는 가랑비 속에 깊은 숲만 돌아다녔다. 동네 사람한테 물으니 이곳은 연일 이 비슷한 날씨가 계속된다고 한다. 그래서 나무가 잘 자라는가보다.

다음 날은 살아 있는 나무 속을 차로 통과할 수 있는 드라이브 스루 트리를 찾아나섰다. 숲길을 운전하던 남편이 사진 찍는다고 갓길에 차를 세웠는데 어디서 나타났는지 경찰차가 다가왔다. 젊디젊은 경찰관이 차창 밖에 와서 무슨 일이 있느냐고 묻는다. 사진 찍으려고 세웠다니까 절대 안 되는 거라며 레스트 에어리어에만 세울 수 있다고 한다. 우린 이미 찍었는데 '오케이!' 하면서도 속으로는 '야, 이놈아! 레스트 에어리어 경치가 사진 찍을 만큼 좋은 줄 아냐?' 했다.

드라이브 스루 트리 입구에서는 입장료를 받는다. 개인 재산이냐고 물으니 그렇단다. 예상했던 것보다 사람들이 훨씬 많았다. 남편이 갑자기 사진 찍어야 한다면서 나보고 운전하란다. 앞에 가던 차는 소형 트럭이었는데 나무 안으로 들어가다 백미러 땜에 걸려 못 가고 후진하는데 나보고 '차 좀 빼라니까요!' 소리친다. 아니 자기 차가 커서 못 가는데 왜 나한테 짜증이야?! 북쪽으로 약 두 시간 더 올라가면 더 큰 드라이브 스루 트리도 있다는데.

이름이 샨데리어인 이 나무는 수령이 2,400년이라고 한다.

살아 있는 나무 속을 뚫은 동굴을 지난 기분이었다. 목이 마르네. 물가게 창문에 붙은 하겐다스 광고 때문인지 평소 안 먹던 아이스크림이 먹고 싶었다.

점심도 안 먹었는데 2시가 지나버려 다음 동네에서 무조건 섰다. 차바퀴 커버로 실내를 장식한 식당이다. 벤츠, BMW 할 것 없이 온갖 차바퀴 커버가 다 걸려 있다. 그래서 Wheels Cafe구나. 손님은 한 테이블이 나가고 옆 테이블에서 혼자 식사하는 장발에 기골이 장대한 백인 아저씨뿐이다.

"어디서 왔냐?" 말을 건다. 한국서 왔다니까 자기도 서울 가 봤다며 한국 친구들도 많다고 한다. 나이가 62세인 이 아저씨는 젊은 시절 사설탐정을 했다는데 지금은 이 부근에서 8에이커 정도 되는 농장을 한단다. 무엇을 키우느냐고 물으니 마리화나를 재배한다며 우리의 놀라는 반응을 의식해서인지 합법이라는 얘길 여러 차례 한다.

집이 15마일 정도 떨어져 있는데 우리가 관심 있어 하면 곧 데려가 보여주고 싶은 모양이다. 스카이다이빙과 록크라이밍이 취미이고 네 명의 여친에게서 네 명의 자식이 있다는데 이젠 다 커서 전국 각지에 흩어져 산다고 한다. 밖에 부인으로 보이는 여자가 트럭을 몰고 오니 "만나서 반가웠다"라며 나간다. 마리화나 아저씨는 내려가면서 철도박물관과 텐 다우젠드 부다스 템플을 꼭 들러보라고 했다. 남편은 달리다 철도박물관은 놓치고 마리화나 아저씨 사진이나 찍어둘 걸 후회에 후회를 거듭한다.

유라이카라는 동네에 들어가 물어물어 찾아간 절은 대문만 봐도 중국 절이라는 짐작이 갔다. 텐 다우젠드 부다스 템플보다 만불성성萬佛聖城이라고 한 현판이 더 쉽게 이해된다. 공원보다도 더 큰 부지에 초등학교, 고등학교, 대학교가 다 있는 이건 완전 소도시나 다름없다. 절에는 난데없는 공작새들이 유유히 거닐고 있다. 가까이 가도 도망가지 않는다. 한두 마리도 아니고 눈에 띄는 것만도 열 마리는 넘겠다.

남편은 사진 찍기에 여념이 없지만 나는 대웅전이 궁금했다. 부처님이 올라가 앉아 있는 것으로 봐서는 대웅전 같은데, 운치가 하나도 없는 체육관 같은 건물이다. 앞에 사자상이 네 개나 드문드문 서 있는 걸로 봐서도 틀림없다.

우리처럼 사진 찍던 관광객 한 팀도 가버리고 다들 도 닦고 앉았는지 궁금한 거 물어보고 싶어도 물어볼 사람 하나 없다. 먹던 감자칩을 줬더니 공작새들이 몰려든다.

다음 숙소가 있는 크로버데일까지 가는 드라이브 길도 환상적이다. 크로버데일은 이런 데서 살면 좋겠다는 생각이 들 만큼 예쁜 동네다. 숙소에 들어가니 인도 아저씨가 정원에서 일하고 있다. 주인도 인도인이냐고 물으니 그렇단다. 오피스에서 소개해준 메리스라는 피자집은 55년이나 된 역사가 있는 식

당이었다. 샐러드도 특이하게 맛이 있었지만 피자도 정말 맛이
있었다.

5일 동안 다녀오는 길인데도 엄청 많은 곳을 보았다는 느낌
이 든다.

아들네로 와서 여행 가서 본 것들을 얘기하니까 자기들도 드
라이브 스루 트리까지는 갔다왔다면서 레드우드 국립공원은
이담에 은퇴나 하면 갈 수 있을까요? 한다.

못 말리는 유전자

여자로 태어나서 다른 그 무엇도 아니고 술에 강한 자신을 자랑하려고 하니 어처구니도 없고 한심하기도 하고 뭐랄까 황당하기까지 하다.

더구나 술을 분해하는 효소가 전혀 나오지 않는 집안으로 시집가서 사십두 해를 살아오고 있는 사람이 이 무슨 망발인가 싶다.

거기다가 술을 못하는 팀의 대표주자인 남편은 대한민국에서 술을 못한다는 것은 장애인이나 다름없다고 공언하는 분이다. 술을 못해서 실력 발휘 못하셨다는 핑계는 아니겠지!

남편은 대학 때 육촌오빠와 절친이기를 넘어서 '찐친'이라고 해야 할 사이여서 유학가기 전에 한두 번 본 일이 있다고 어느 해 겨울 대뜸 전화를 걸어와서는 "결혼하자"고 하더니 내가 어처구니없어서 답을 못하고 머뭇거리자 "공부 때려치우겠다"고

협박해서 도무지 그런 일을 겪어본 일이 없는 나로서는 사람 하나 공부 치우는 일은 없어야 하겠기에 '예스' 했다.

전화를 끊고는 이 친구 술 취하지 않고는 절대 이럴 수가 없지! 솔직히 그때까지 나는 주변에서 술을 못하는 남자를 본 일이 없었다. 어떻게 맨정신으로 그럴 수 있을까? 나를, 뭘, 어딜 안다고?

그리고 미국 따라가서 7년 가까이 살고 나는 오고 싶지 않고 거기서 살겠다는데도 유치원생 아들을 데리고 달랑 귀국해버렸다. 나는 엄마 없는 아들을 만들지는 말아야겠기에 울며 겨자 먹기로 1년 뒤에 따라 들어왔다.

아마도 서울 와서 제일 먼저 겪었던 일이 남편이 술을 마시고 높은 사람 고급 차에 구토를 했다는 수치스러운 스토리가 아니었을까 싶다. 그 무렵에는 술도 못하면서 어떻게 그렇게 일차 이차 삼차를 쫓아다닐 수 있었는지? 지금 생각해보면 도를 닦는 일이었을 것이다.

친정 둘째동생이 집들이한다고 오라고 해서 갔을 때였다. 맥주를 따라주니까 몇 모금 마셨을까? 아마 반 잔도 채 못 마시고 화장실로 달려가서 토하는 것을 보고 큰동생이 놀라던 얼굴을 지금도 잊을 수가 없다.

잠실에서 약국을 경영하던 큰동생은 술을 좋아했을 뿐만 아니라 술을 사주는 것을 아주 좋아했다. 별명이 '잠실의 황태자'

였다는 얘기는 99년 사십칠 세 나이로 세상을 뜨면서 전설이 되었다. 오죽하면 잠실에 살면서 이 친구한테 술 못 얻어먹은 사람은 잠실사람이 아니라는 얘기까지 나왔을까.

조상님들도 술에는 아주 강하신 분들이었다. 머리 좋고 인물 좋게 태어났어도 술 때문에 실력을 발휘했던 분이 별로 없었다는 것이 근거가 없는 얘기가 아니다. 우선 오래 살지 못했다. 그래도 우리를 제주에 태어나게 해주셨던, 300년 전에 귀향가셨던 조상님은 그나마 실력을 발휘했다고 할 수 있지 않을까?

어머님은 어느 분이라고 지적하지는 않으면서도 술을 얼마나 마셨으면 인사불성되어서 달구지에 실려 다니겠느냐고 흉을 보셨다. 우리는 그게 할아버지 사촌이라는 사실을 암묵적으로 알았지만, 술 많이 마시는 게 그분만이 아니었기에 알고도 모르는 척할 수밖에 없는 일이었다.

제주도 조천면이 우리들의 세상 전부였던 시절 큰할아버지 밥그릇이 제일 컸고, 우리 할아버지 국대접이 제일 컸다고 두 분을 칭하려면 "한○숙의 밥그릇, 한△숙의 국대접"이라는 수식어가 따라다녔다고 한다. 밥그릇 국그릇만 컸을까?

할아버지 형제 중에 29세에 요절했던 분이 계셨다는 것을 보면 술대접도 컸음이 분명하다.

아버지 5형제 중 30대에 돌아가신 숙부들이 세 분이나 된다. 모두 주당들이셨고 심장마비로 두 분, 그리고 위암으로 돌아가신 분이 셋째숙부다. 지금까지 유일하게 생존하고 계신 막내숙부도 주당이긴 마찬가지다.

10년 전 내 막내동생이 40세의 아까운 나이에 돌연사했을 때 우리는 너무 슬프고 안타까워하면서도 술을 마시지 않았던 사람이었음을 지치도록 강조해야 했다.

나는 사실 술 못 마시는 남편을 만난 덕분에 술도 못 얻어먹고 오랜 세월을 지냈다.

사십대 후반에 뒤늦은 박사하느라 젊은 교수, 젊은 학생들을 쫓아다니면서 술을 좀 마셨는데 취해본 적은 별로 없었다. 코스를 다 끝내고 자축한다고 대학원생들 전부가 이차 갔을 때였다. 일생 취해본 것이 그때 한번이었다.

아무리 강한 술이라도 한두 잔 마시는 것으로는 간에 기별도 안 간다고 해야 맞다. 전혀 취하지 않으니까. 맥주 한 병, 소주 한 병으로는 취하지 않는다.

3년 전에 미국 처음 가는 여동생과 그랜드캐넌에 갔을 때였다. 둘째아들과 막내도 함께였다. 이 둘은 아버지의 아들들이라 술을 많이 못하는데 여동생은 주당이어서 저녁 식사 때 인사로 물어보면 한번도 거절하지 않고 마시자고 했다. 은근히 놀란 두 아들이 형한테 가서 '여자 삼촌이 나타났다'고 했다고 한다. 네 명의 외삼촌들이 만나기만 하면 술 마시는 걸 보며 자랐지만, 이모까지 술을 잘할 줄 몰랐다는 얘기다.

미국 사는 큰아들은 내가 술을 마신다는 걸 알고는 맥주를 시키거나 자기는 못하는 칵테일을 시켜준다. 나는 또 비싼 술을 남기는 것이 싫어서 다 마시고도 눈 깜빡 한번 안 한다. 미소 짓는 큰아들을 못 본 척하면서.

남동생 둘과는 점심때 만나도 메뉴가 무엇이 되든지 간에 술을 마신다. 처음에는 내가 술을 못 마시는 줄 알고 알코올 농도가 약하다는 백세주를 시켜주더니 이제는 소주다. 동생들이 마시는 정도로 마셔도 취하지 않는 나를 보고 놀라는 것은 오히려 나 자신이다.

남편이 술을 못 마시는 걸 알면 사람들은 좋겠다고 한다.

글쎄 특별히 좋다고 생각해본 일은 별로 없다. 세상 모든 일이 그렇듯이 술을 못하기 때문에 단점도 많다는 생각이다. 사회성 내지는 사교성이 떨어진다는 것 외에도 스스로 즐겁지 않다고나 할까? 우리 사회가 맨정신으로 살아가기엔 지난 40년, 말이 좋아서 격동의 40년이지 정말 그 안에서 살아가는 사람들한테는 콩 볶는 세월이었다. 취하지 않고는 즐겁기 힘든 시간이었다.

어제도 여동생이 쇼핑가자고 왔다. 점심 먹으러 두부집에 갔다. 좋은 안주라고 하면서 막걸리를 찾았는데, 없다고 해서 소주를 시켰다. 여자 둘이 대낮부터 소주를 마시고 앉았는데 이거 정말 누가 시켜서는 쉽게 안 되는 일이라는 생각이 들었다.

술 냄새 풍기며 식당을 나오는데 "간에 기별도 안 갔다"가 후
렴이었다.

65세와 8세

손녀 얘기를 쓰고 싶었던 것은 아마도 지난 7월 한 달 동안 미국 아들네에 다녀오면서부터가 아닐까 싶다. 내 나이 57세 때 태어난 아이다. 처음에는 편지를 써야겠다고 생각했다. 지금 읽을 수는 없겠지만 이담에 커서 한글을 읽을 줄 알게 되었을 때 읽을 편지를 말이다. 그런 생각을 하게 된 계기는 손녀와 얘기하면 여덟 살 때의 나도 이랬을까 하는 생각이 너무 자주 너무 많이 들기 때문이다.

일 년 동안 아이들이 정말 많이 크는구나 하는 생각은 나와 잘 놀다가도 잘 때가 되면 엄마를 찾던 작년과는 달리 할머니랑 자겠다고 한다. 모르긴 해도 엄마 아빠 아닌 사람과 자겠다고 하는 것은 내가 처음 아닐까 싶다.

이 나이 되도록 어린아이들과 대화를 잘하지 못하는 '나'다. 이번에도 손녀가 시작했다. 7월 복중 한여름에 산타 얘기를 꺼냈다. 산타는 상상의 존재라는 것이다. 그렇지 않을까가 아니다. 정말로 상상 속의 인물이 아니냐고 다그친다. 임기응변에 능하지 못한 나는 궁지에 몰려서 "왜 그렇게 생각하느냐?"고 물을 수밖에 없었다. 아빠 휴대폰 폰 속에 자기들 선물 사진이 들어 있는 것을 보았다고 한다. 기가 막혔다. 도망갈 구석이 없었다.

아들들이 어렸을 때 그렇게 물었으면 어떻게 대처했을까? 한바탕 웃었거나 아니면 씹었겠지. 아들 셋을 키우면서 답이 궁할 때마다 그냥 못 들은 척하고 무시하는 것을 아이들은 '씹었다'고 한다.

"형 또 씹혔어? 누가 엄말 당하겠어…" 하는 식으로.

손녀가 감기로 결석했던 날은 배가 고프다기에 도시락 김에 밥을 싸서 아주 작은 미니 김밥을 말아주었다. 자기도 따라 해보더니 할머니는 어떻게 그렇게 똑같은 모양으로 김밥을 잘 만드느냐고 감탄한다. 너도 내 나이 되면 잘할 것이라고 해주었다.

우리 김밥공장을 만들자고 한다. 할머니가 김밥을 만들면 자기가 책임지고 팔겠다고 한다. 그러더니 자기가 열네 살이 될 때까지 기다려야 된다고 했다. 왜냐하면 자기가 완벽하게 읽고 쓸 줄 알게 되어야 주문을 잘 받을 수 있지 않겠냐는 것이다. 맞는 말이다. 정말 다행이다. 지금 당장 김밥공장 만들자고 하면 어떡할 뻔했지?

아들네는 작년에 학군 좋은 곳으로 이사까지 갔는데 무슨 연유인지 모르지만 미션 산호세 초등학교에서 곰스 초등으로 옮긴다고 한다. 새 학교로 전학 가게 된 것이 싫지 않느냐고 했더니 전혀 그렇지 않다고 한다. 벌써 곰스 초등에 아는 친구가 있다는 것이다. 그러면서 자기와 친한 친구들 이름을 줄줄이 읊는다.

친구가 많은 것이 좋은지 적은 것이 좋은지 물어봤다. 단연 많은 것이 좋다고 대답한다. 친구가 많아야 한둘이 떠나도 함께 놀 친구가 있다는 것이다. 친구는 많아야 좋은 이유를 이보다 더 현실적으로 얘기할 수 있을까?

주말 아침 구글 회사가 있는 동네 아울렛 '그레이트몰'에 쇼핑 갈 일이 생겼다. 아들한테 태워다달라고 부탁하는데 "아빠, 나도 할머니랑 쇼핑가면 안 될까?" 손녀가 끼어든다.

세 시간만 쇼핑하겠다고 했기 때문에 손녀와 함께 가게 되면 시간을 뺏길 것이 염려되었지만 좋다고 했다. 어찌 됐건 '내 식으로 강행군해야지'가 솔직한 심정이었다. 쇼핑가게 되면 늘 아들 손녀 며느리가 동행하기 때문에 다섯이 몰려다녔는데 둘만 가는 것은 이번이 처음이었다.

'할머니와 지나 시간'이라고 하면서 초장부터 흥분이다.

어느새 점심시간이 되었다. 아들이 어디 가서 어떤 파스타를 먹으라고 일러줬는데도 이렇게 큰 몰에서 어떻게 그 식당을 찾을까 싶어서 가까이 있는 푸드코트로 갔다. 슬라이스 해서 파는 피자를 골랐는데 맛이 별로다. 그런데도 이 아이는 아무 불평 없이 잘 먹는다.

피자 먹으면서 방금 산 핸드백에 흠이 있는 것을 발견했다. 바꿔야겠다고 했더니 바꾸는 것은 돈을 더 내지 않아도 된다고 설명한다. 서울서 온 할머니가 모를까봐 하는 얘긴데 나는 못 알아듣고 되물었다. 카드를 다시 끊지 않아도 된다고 똑 부러지게 설명한다.

나도 여덟 살 나이에 저랬을까? 신기하다.

둘째아들이 부탁한 여름 면바지 찾아 헤매는데 테이블에 놓인 액세서리를 구경하다가 사진을 넣게 된 목걸이를 골라 보여준다. 자기는 사고 싶었는데 엄마가 안 사줬다는 것이다. 그렇잖아도 미안한 판국에 잘 됐다 싶어서 얼른 사주겠다고 했다.

드디어 이 아이가 나를 따라나선 이유를 깨닫게 된 순간이었다. 이 친구도 국물이 필요한 거야. 목걸이 외에도 원하는 것이 있으면 사주겠다고 했더니 자기는 재킷보다는 스웨터를 더 좋아한다고 했다. 스웨터? 어떻게 스웨터 편한 걸 알았지?

그때부터 아들 바지 사는 것은 뒷전으로 하고 스웨터 찾아다니기 바빴다.

병아리색 노란 스웨터를 사겠다기에 동생 것도 사야겠다고 했더니 동생은 노란 색을 좋아하지 않는다면서 분홍색을 사라

고 한다. 요즘 애들은 세 살짜리가 정말 색깔 선호도가 있는 것
인지? 아니면 자매가 똑같은 옷이 여러 벌이 되니 같은 옷을 입
기 싫은 것인지? 도무지 알 수 없다고 생각하면서도 분홍색은
작은 사이즈가 없어서 결국에는 둘 다 노란 색을 사게 되었다.

둘이 다녔던 쇼핑은 성공이었다. 불평 한마디 안 하고 그 큰
몰을 잘 따라다녀주었다. 내가 돈을 좀 더 쓰긴 했지만 손녀랑
다니는 것이 꼭 친구랑 쇼핑 다니는 것처럼 즐거웠다.

어느 날 둘만 있을 때 놀라운 질문을 했다.

결혼하기 전에 동거하는 것이 뭐가 나쁘냐는 것이다. 늘 그
렇듯이 답이 궁한 나는 빤히 쳐다보고만 있었더니 이사 오기
전에 살던 타운하우스의 이웃집을 얘기한다. 옆집이어서 둘 다
파자마를 입고 있는 것을 보았다는 것이다. 대답할 말이 없었
다. 임기응변이 모자라다고 하기보다 뭐랄까? 진정 답을 모르
는 것이 문제다. 잔머리를 엄청 굴려도 딱히 할 말이 없었다.

가톨릭계 여고를 다닐 때 '동거'가 나쁘다고, 안 된다고 세뇌
당한 이후 한번도 그것에 대한 의문을 품어본 적이 없다. 선진
국에서는 결혼 전에 동거하는 것이 다반사라는 것을 들어 알고
있긴 하지만 그리고 우리나라에도 점점 그런 커플들이 늘어나
고 있다는 것을 듣긴 했지만 왜 좋은지 왜 나쁜지 깊이 생각해
본 적이 없었기 때문이다.

그러니 이번에도 '썹을 수밖에 없는' 질문이었다.

하와이에서 구례읍으로

이십 년 가까이 하와이에서 살던 친구 J가 한국에 와서 살겠다고 하더니 9월 말 구례읍에 집을 구했다고 했다. 날씨 좋고 경치가 아름답기로 세계적인 하와이를 마다하고 들어와 살겠다고 했을 때 나는 경치가 제 아무리 좋아도 외로운 거지, 짐작하고 있었다.

중학교 때 제일 친했던 친구가 남편 정년 후 피아골에 둥지를 틀었다고는 하지만 J가 서울도 아니고 오빠가 계신 경주도 아니고 왜 구례읍에다 집을 얻었을까가 궁금했다. 지난 목요일 운전하길 좋아하는 K선생 차로 여의도 친구랑 셋이 떠났다.

이렇게 셋이서 여행을 떠나보는 것도 처음이다. 앞에 앉은 두 사람은 구례읍에 살면서 친구들 보려고 한 달에 두 번 이상 서울 올라오는 경비도 만만치 않을 거라는 얘기를 하고 있었다.

서울을 떠나서 한 시간 넘게 가는 경부고속도로 주변은 난

개발이 한창이어서 경관이 아름답다는 느낌을 전혀 받지 못했다. 천안~논산 25번 고속도로에 들어서니까 비로소 주변 경관이 여행 떠났다는 느낌을 강하게 받을 만큼 가을 색깔이 완연했다.

12시 가까이 되어서 순천~완주 27번 고속도로에 들어섰다. 휴게소가 많지 않은 모양이니 쉬자고 했다. 여행을 많이 다니지 않지만 나는 휴게소에서 파는 간식 사 먹는 것을 아주 좋아한다. 여의도 친구가 점심을 먹고 가자고 했다. 버스로 세 시간 반 걸린다고 하니까 자기도 그 시간 안에 도착하려는 K선생이 서두는 바람에 커피 외에는 아무것도 사지 못했다.

J는 한 시간 전부터 집 앞에 나와서 기다리고 있었다.

빌라 '스타빌'은 새로 지은 5층 건물인데 1층이 주차장이다. 층마다 두 집씩이니까 여덟 세대가 들어와 있는 데도 빈집처럼 조용하고 고요하다. 우리는 가지고 온 선물 때문에 낑낑거리며 5층으로 올라갔다. 창문이 작은 것이 아쉽긴 하지만 산이 보이는 전망이 정말 좋다, 방도 거실도 크고 창고도 있다. 이불이 모자랄까봐 K선생은 이불을 가져오고 나는 메밀껍질 베개를 두 개씩이나 가져왔는데도 주인은 우리가 다른 데서 자야 한다고 우긴다.

나는 해 떨어지기 전에 늘 궁금했던 화엄사를 보자고 졸랐다.

화엄사 계곡으로 가는 길목부터 가을이 짙었다. 단풍은 아직

절정이 아닌 것 같은데 여의도 친구는 시즌이 끝났다고 그래서 관광객이 많지 않은 것이라고 설명한다. 어찌됐건 너무 번잡스럽지 않은 것은 주중이었기 때문이라는 생각도 들었다.

화엄사는 감동이었다. 산과 산 사이 계곡에 자리한 것도 지리산다워서 인상적이었지만 건축물들이 장엄하고 웅장했다. 내가 가본 절 중에서 가장 근사한 절이 아닐까 싶었다. 감탄과 칭송이 절로 나온다. 단지 시멘트를 너무 바르고 있어서 고색창연함을 잃고 있다는 걸 모르는 것은 아닌지 우려될 정도였다.

절을 나서는데 벌써 해가 지기 시작한다. 왜 '해가 산을 넘는다'는 표현을 쓰는지 실감났다. 해가 바다로 떨어질 때만 석양이 아니구나 하는 생각을 했다.

여의도 친구가 비싼 호텔을 예약했다고 나무라니까 성당에 아는 엄마가 실장이어서 반값에 해줬다고 변명 아닌 변명을 하는 J가 당당했다.

호텔에 손님이 너무 없었다. 인부들 말로는 와이파이가 터지게 하는 공사를 한다는데 3층 전체가 부산스러웠다. 방과 거실에 네 채의 이불을 깔아놓고 이야기보따리를 푼다. 앤드리스 러브가 아니라 앤드리스 수다다.

여의도 친구의 관심사는 J가 얼마짜리 집을 얻었고 월 생활비로 얼마를 쓰느냐다. 한잠 자다 깨어보니 새벽 3시인데 J가

동생한테 큰 거 한 장 줬다고 야단맞고 있었다. 내가 잠이 덜 깬 상태에서 "잘했다. 잘했어!" 했다.

여의도 친구가 나더러 "잘하긴 뭐가 잘해? 에그 이 바보야" 하더니 "박사한테 바보라고 하니 기분 째진다"고 한다. 그러거나 말거나 이번에는 내가 잠 좀 자라고 야단쳤다.

나는 새벽형 인간이라 동트기 전부터 깨어서 기다렸다. 어떤 면에서 내가 바보인 것은 사실이지만 동생한테 돈 주는 것이 뭐가 잘못이란 말인가? 도무지 분간이 안 되었다.

창이 밝아오자 잠을 충분히 잤건 말건 다들 일어나라고 했다. J는 못 일어나고 셋이서 걸으러 나갔다. 무작정 걸어가다보니 화엄사 계곡이다. 일명 지리산콘도이기도 한 모양인데 한화콘도가 있다. 첩첩산중에 하얀 건물이 예쁘다는 느낌은 주지 않았지만 모닝커피는 제대로 마시겠구나 싶었다. 커피숍에 전망대로 해놓은 발코니에서 바라보는 첩첩산중은 지리산에 와 있음을 실감하게 했다. 너무 좋았다.

다시 J가 사는 동네로 와서 도서관을 구경했다. 책 좋아하는 친구가 그리도 격찬하는 열람실이다. 건너편에는 서울에 있어도 새로울 만큼 현대적인 돔이 있었는데 자기가 애용하는 체육관이라고 한다. 아침마다 걷는다는 산책로에 오니 둘레길의 일부인 모양인데 구례읍이 한눈에 들어온다. 넓고 탁 트인 동네가 너무나 마음에 들어서 나도 와 살고픈 생각이 든다. 평화와

안정을 주는 동네다.

J는 피아골에 정착한 친구 집에 차를 마시러 가기로 약속했다면서 노고단으로 향하던 발길을 그리 돌렸다. 가다가 길을 잘못들어 한때 『낭만이 초치는 소리』라는 베스트셀러로 유명한 강길웅 신부님 별장도 구경했다. 집도 예뻤지만 솔라에너지 하는 지붕도 인상적이었다.

친구네 집은 산과 산 사이 골짜기인데 어쩌면 그렇게 좋은 자리에 700평씩이나 차지했는지 경탄스러웠다. 마당에서 금방 딴 박하잎으로 끓여준 차도 향긋하기 그지없었지만 나무에서 바로 딴 단감이 사과처럼 아삭거린다. 이 동네는 단감으로 유명하다고 한다.

점심 먹으러 '지리산식당'에 가자고 우겼다. 인터넷으로 맛집을 찾으니 제일 먼저 뜨는 식당이었는데 그 정보가 맞는지 시험해보고 싶었다. 몇 번 물어야 찾을 수 있는 조그만 식당이었다. 지리산식당이 전국적으로 한두 군데가 아니어서 체인이냐고 물었더니 아니라고 한다. 버섯전골이 너무 비싸서 산채정식을 시켰는데 친구들이 반찬을 남기게 된 것을 아까워할 정도였다. 이번에도 J가 돈을 미리 내버려서 여의도 친구에게 야단을 맞았다. 그렇게 친구들이 올 때마다 재워주고 먹여주고 하면 시골 사는 비용이 뭐가 경제적이겠느냐는 것이다.

친구가 5백만 원 보증금에 45만 원 월세 내는 스타빌 앞에서

헤어지기 전에 물어보았다. 하와이가 외로워서 온 것 아니냐
고, 그랬더니 의외로 하와이 생활비가 너무 비싸서 좀 싸게 살
아보려고 왔다고 했다.

추위를 너무 잘 타는 친구인데 지리산에서 겨울을 나봐야 알
게 되겠지. 봄이 돼야 비로소 다시 하와이로 가게 되지 않을지
결판이 날 것이라고, 생각하며 올라왔다.

지킬 박사와 하이드는 끝냈냐?

문화센터 수필반에서 합평을 하다가 나도 모르게 옛날 이야기를 하게 되었다. 그것도 아주 옛날 이야기를. 정말 그랬다.

고등학교 1학년 때 공부 열심히 하자는 취지로 만들어진 서클 '겨자클럽' 연말 모임에서였다. 지도교사였던 S선생님을 모신 자리였는데 각자 돌아가면서 장래희망을 말해보라는 제안을 하셨다. 열 명이 넘는 멤버들이 모두 숙연해지면서 생각에 잠겨 있었는데 나는 나도 모르게 큰 소리로 "저는요, 가능한 빨리 시집을 가서요, 애를 셋 낳고 하나는 작가, 하나는 음악가, 하나는 미술가로 키우고 싶어요."

모두 으악 하는 표정을 보고 내가 무슨 말을 했나가 깨달아졌다. 그 꿈이 너무 원대해서 놀란 것이 아니라 당시로서는 또래 소녀들이 시집간다거나 애를 낳는다는 얘기는 안 하는 것이 상례였기 때문이었다고 느꼈다. 그리고 스스로는 괜한 발언을 했네, 그런 것은 그냥 마음속에 담아둬야 하는 것이었나보네, 깨달았던 것 같다.

작년 10월초 둘째 상견례 자리에서였다. 남편은 또 그 자랑인지 비난인지 모를 나의 육아방식을 늘어놓는다. 아이 셋을 그냥 내깔려두었다는 식으로. 나도 가만히 있을 수 없어 반격을 가했다. 그 자리에서도 옛날 이야기를 하지 않을 수 없었다.

둘째는 글을 상당히 빨리 그것도 스스로 깨쳤다. 유치원도 들어가기 전에 글을 다 읽었을 뿐 아니라 책을 아주 좋아했다. 그 무렵 여의도에 사셨던 친정어머니한테 둘이 놀러갔다가 집으로 가는 택시 안에서 "엄마, 나 이담에 커서 무엇이 되면 좋을까?" 하고 물었다. 너무 졸지에 당한 질문이라 별 생각 없이 "글쎄. 대법원장 같은 건 어떨까?" "에이. 그런 재미없는 거 말고. 좀 더 재미있는 거 없을까?" 나는 대답할 말이 없었다. 집에 도착할 때까지 둘은 침묵했다.

그렇지만 그 일은 나한테 중요한 것을 가르쳐주었다. 아이들은 자기들이 원하는 것을 하고 싶어하고 또 한다는 것을. 그 뒤로 나는 단 한번도 아이들한테 무엇을 했으면 좋겠다든지 하는 발언을 해본 적이 없다.

그러면서도 둘째한테만큼은 종종 내 고등학교 시절의 꿈을 완전히 포기하지는 못했던 것 같다. 위인전기 30권을 사들이고 어린이 문학전집을 수십 권 사들여도 전혀 읽지 않았던 여덟 살 위의 큰아들과는 달리 둘째는 무엇이든지 읽는 아이였다. 형이 읽지 않았던 책을 이 아이가 다 읽어치웠다.

초등학교 저학년 때 둘이 서점에 책을 사러가면 열 권을 살 것인가, 스무 권을 살 것인가로 다투었지만 그런 날은 나도 작가가 될 아들을 키우고 있는 것 같은 뿌듯한 심정이었다.

언젠가 둘이 신촌문고에 갔는데 살 책이 채 열 권도 되지 않았다. 읽지 않은 책이 많지 않았기 때문이다. 학급문고에서 읽었다고 하고 친구 집에서 읽었다는 식이었다. 그러면서 중학생이 되었다.

둘째가 중학교 1학년 때 남편이 안식년을 받아서 미국에서 일 년을 지냈다. 일 년이 거의 끝나갈 무렵 '내가 존경하는 세 사람'이라는 글을 영어로 썼는데 너무 잘 써서 다시 작가가 되는 건 아닌가 하는 꿈을 꾸게 했다.

그런데 집에 오고 나서부터는 학교 공부가 많아져서 그런지 책을 전혀 읽지 않았다. 마이클 조던이 농구 붐을 일으켜 놓던 시절이라 그런지 그 무렵 둘째의 꿈은 스포츠 기자가 되는 것이었다. 글을 쓰는 직업이라 가까이 가긴 가나보네 했다.

고등학교에 들어가서 이과냐 문과냐를 정해야 했는데 책을 읽지 않았던 큰아이가 무조건 이과였던 것처럼 둘째는 당연히 문과라고 생각했다.

둘째가 고등학교에 다닐 동안에 읽었던 책은 삼국지뿐이었던 것 같다. 삼국지를 열 번도 더 읽었다고 하는 얘기에서부터 등장인물 이름 백 명 이상 외울 수 있다고 했다가 백오십 명을 욀 수 있다고 했다. 언젠가는 식탁에서 삼국지 책을 넘기면서 "엄마, 나 삼국지로 시험보면 서울대 갈 수 있는데" 속으로는 이 친구야 언제 철들래? 싶은 심정이었지만 하도 황당하고 어처구니없어서 웃을 수밖에 없었다.

대학에 들어가서는 책을 더 읽지 않았다. 댄스서클에 가입하겠다고 안방에서 혼자 춤 연습하더니 떨어져버려서 나는 속으로 쾌재를 불렀지만 중얼중얼하는 랩이 취미가 되었다.

주말이면 꼭 홍대 입구에 가서 노래를 부른단다. 도대체 그곳이 어떤 곳이기에 나도 한번, 꼭 한번만 데려가달라고 했다. 31세 이상이면 출입금지인데 엄마는 무슨 소리 하느냐고 했다.

군대에 가 있는 동안 그리고 엠비에이MBA 하러 미국 가 있었던 2년 동안 빼고는 거의 매주 주말이면 홍대 입구에 다녔던 것 같다. 31세라니까 그때가 되면 안 가겠지 기다렸는데 그 후로는 이태원으로 갔다.

작년 5월 우리 결혼기념일 새벽에 회사에 출근한 아들이 메일을 보내왔다. 제목은 '지킬 박사와 미스터 하이드'였다. 내용은 한 줄도 없고 두 장의 사진을 한 장처럼 붙인 것을 보냈다. 왼쪽은 밤에 클럽에서 마이크 잡고 노래를 부르는 사진이고 오른쪽은 회사 세미나에 서서 발언하는 모습을 찍은 사진이다.

자신을 알긴 아나보네. 혼자 웃지 않을 수 없었다.

둘째가 결혼하겠다고 선언했을 때 가장 걱정이 되는 것이 이 아이의 취미 생활이었다. 회사가 워낙 타이트하기도 하지만 새벽에 일찍 나가고 늦게 들어오는 데다 주말이면 데이트로 바빠진 아들과 얘기할 틈이 너무 없었다. 그래도 지난 주에 있었던 결혼식을 며칠 앞두고 "너 그 노래 부르는 건 어떻게 할 거냐?"고 물었다.

"Y가 등장했으니 더 이상 못 하지, 뭐" 랩은 포기한 모양이다.

작가가 되는 것은 고사하고 이젠 취미로라도 독서 좀 하려나? 밥벌이가 다급해진 30대가 되었는데 이제 와 새삼스럽게 네가 어릴 때 작가가 되었으면 하는 소망이 있었다고 말한다면 뭐라고 할까? 우리 엄마 자다가 봉창 두드리네, 하겠지.

막내아들 보러간 이스라엘

막내가 텔아비브에 있는 회사 본부에 근무한 지 5개월째다. 여름에 보러가겠다고 했더니 여름에는 너무 덥다고 봄에 오시라고 하는 바람에 직행이 일주일에 세 번씩이나 있음에 감사하며 지난 주말 대한항공을 타고 떠났다.

벤구리온 국제공항은 미국의 중소도시 공항만 한 규모여서 꿈에 그리던 멋들어진 공항은 아니었다. 새삼스럽게 '인천공항이 세계 제일이래지?' 하는 볼멘소리가 나온다. 밤 10시가 넘어서 체크인한 호텔은 힐튼이니까 이름값을 하겠지 했지만, 공간이 좁기로 말하자면 뉴욕 호텔 정도다.

새벽에 일어나서 무심코 커튼을 걷었는데 절로 탄성이 나온다. 밝은 햇살 아래 펼쳐진 바다가 환상적이다. 수평선까지 둥글게 보이는 지중해다. 내 고향 제주 바다보다 훨씬 얌전한 색깔이네. 아침부터 베란다에 나가 앉았다. 내가 지중해를 마주

하고 있다니!

아침 식사는 포함되어 있다니까 막내와 셋이 지하 1층 식당으로 내려갔다. 식당은 전면 유리로 되어 있는데 밖으로 수평선까지 바다가 펼쳐져 있다. 뷔페식 아침 식사도 과분한데 좋은 바다 경치까지 감상할 수 있도록 해주다니 송구스럽기까지 하다.

막내가 사진으로 보내줬을 때 정말 맛있어 보였던 생선절임이 보기보다 짰다.

"야, 이거 짠데?"

"유대인들 짜잖아요." 도무지 뭘 알고 하는 소리인지? 그 뒤로 음식이 짜다고 할 때마다 후렴처럼 '유대인들 짜잖아요'가 막내의 대답이었다.

이스라엘은 금요일과 토요일에 쉬고 일요일에는 근무해야 한다면서 우리 보고 해변가로 계속 걸어가면 옛 항구였던 예파가 나온다고 했다 옛 항구도 궁금했지만, 베드로성당이 있다고 해서 더 열심히 걸었다. 남쪽으로 계속해서 모래 해변인데 이건 무슨 명사십리도 아니고 가도 가도 끝이 없는 그런 모래사장이다. 해변가에는 성업 중인 호텔들도 많았지만, 폐허가 된 호텔들도 그냥 방치되어 있다. 시즌이 아니어서 그런지 파라솔을 위시한 시설물도 많은데 바닷가에는 사람들이 별로 없다. 갈증이 나는데 만난 맥도날드가 너무 반갑다. 콜라값이 우리 동네보다 두 배여서 텔아비브의 높은 물가를 실감했지만 이 점포에서 보이는 전망은 뭐라고 말할 수 없을 정도로 환상 적이다.

행인들한테 물어서 맞는 골목에 들어서니 박물관 간판이 눈에 띈다. 관광객들이 의외로 많다. 세 시부터 연다는 성당 내부 구경은 포기하고 포트로 내려갔다. 성당에서부터 항구로 내려가는 골목에 깔린 돌들이 너무 예쁘다. 돌로 지은 건물 벽들과 바닥이 잘 어울려서 아름다움을 더 한다. 항구는 옛날에 만든 방파제가 오히려 전망을 막고 있다. 바다가 아닌 건물을 배경으로 사진을 찍는 것이 우리뿐만이 아니다. 막내가 한 시까지 자기 회사 부근으로 오라고 해서 다시 서둘렀다. 해변에 있는 이슬람사원은 들어가볼 여유도 없이 예파를 떠났다.

이튿날도 아들은 출근해야 해서 우리는 예루살렘에 가기로 했다. 센트럴 버스스테이션으로 가서 대형 관광버스를 타고 맨 앞자리에 앉았다. 예루살렘으로 가는 길은 미국의 고속도로나 다름이 없다. 길도 좋고 이정표도 잘 돼 있고 길 양옆으로 늘어선 분홍색 접시꽃이 인상적이다. 교통체증도 없어서 50분 만에 도착했다. 택시 기사가 통곡의 벽에 간다니까 60세켈을 내라고 한다. 버스 편을 물어 길을 건넜더니 관광객으로 보이는 사람들이 이십 명 넘게 기다리고 있다.

버스 타고 가면서 보니 지나다니는 사람들의 옷차림이 특이

하다. 어디서 만나도 유대인임을 알 수 있는 검은 양복에 검은 모자를 쓴 남자들이 많고 여자들도 치마가 길고 검은 색이 많이 들어간 옷을 입고 있다. 30도를 육박하는 이 더위에 검고 긴 복장은 너무 더워보였다. 시내를 통과한 지 얼마 되지도 않았는데 밀리기 시작한다. 스위스에서 왔다는 여덟 명의 노인 그룹은 이게 세 번째 방문이라는데 그중에는 19번째 오는 사람도 있었다.

통곡의 벽에서 버스를 내렸는데 배가 너무 고프다. 가판대에서 파는 프레즐 같은 둥그런 빵이 먹음직스러워 샀는데 짠맛도 없고 단맛도 없고 이게 무슨 맛이야? 지나가던 할머니가 손사래치며 사지 말라던 권고가 맞네.

통곡의 벽은 원래 금녀의 장소였는지 지금도 여자들이 갈 수 있는 곳과 남자들이 가는 곳이 구분되어 있다. 사람들이 너무 많아서 더구나 남자들이 들어가는 곳에는 유대교 행사가 치러지고 있어서 가까이 가지도 못했다.

백팩과 핸드백 같은 소지품을 모두 스캔받고 들어간 시장 골목은 남대문시장 같기도 하고 옛날의 동대문시장 같기도 하다. 관광객들 따라 걷다보니 골목을 벗어나 다윗의 탑까지 왔다. 찻길에 세워진 안내판을 보고 예수님이 십자가에 못박혀 돌아가신 장소에 세워진 교회를 찾는 데 성공했다. 거기도 사람들이 너무 많아서 기념촬영 한 번하는 것도 불가능할 정도였다.

이 골목 저 골목 시행착오 끝에 물어물어 찻길로 나오니 택시들이 대기하고 있다.

다시 터미널로 와서 버스를 탔는데 맨 앞자리에 앉았더니 짐꾸러미를 서너 개씩이나 들고 들어온 보따리장사 아줌마가 옆에 앉겠다는데 자리를 양보하지 않을 수 없었다. 고속도로를 달리는 기사가 운전하면서 차비로 받은 돈을 세고 있다. 놀랍기도 하고 어처구니가 없었지만, 남의 나라 사람들 일이라 그런지 재미있다는 생각이 들었다.

텔아비브로 들어와서는 12인승 소형 시내버스를 탔다. 이번에도 운전석 바로 뒤 맨 앞자리에 앉았더니 나중에 들어와 뒤에 앉은 사람이 20세켈짜리 지폐를 주면서 기사한테 전하라고 손짓한다. 남의 돈을 만지기가 싫어 가만히 있었더니 스스로 일어서서 가서 낸다. 그러더니 자기 자리로 가서 앉아버린다. 이번에는 기사가 거스름돈을 내게 전하라고 준다. 사람들은 버스에 올라오면 일단은 자리에 앉는다. 버스비를 모두 현금으로 내는 것도 신기했지만 매번 큰돈으로 내건 적은 돈으로 내건 앞에 앉은 사람들을 통해서 릴레이식으로 전달하는 것도 신기했다. 기사가 운전하면서 거스름돈을 계산해서 뒤로 건네주면 나는 받아서 뒤로 건네줘야 하는 역할을 담당하게 되었다. 졸지에 버스 차장이 된 기분까지 들어 재밌다.

호텔 동네를 산책하는데 둥그렇게 나무 울타리를 치고 있는 해변이 있다. 출입문에 여자 화장실 사인이 붙어 있어 들어갔다. 무수히 많은 탈의실과 샤워실이 있었지만 어렵지 않게 화장실을 찾아들어갔는데 남편이 관리인한테 붙들렸다. 이곳은 여자 해수욕장이니 남자는 출입금지라는 것이다. 그래도 하루는 남자가 쓰고 하루는 여자가 쓴다고 설명했다는데 히잡 쓰는 여자들도 해수욕은 해야 하니까 궁여지책이 아닐까 싶기도 했다. 그런데 왜 하루씩 번갈아가며 써야 하나?

해변의 채송화가 드물게 노란 색이어서 사진 찍으려니까 역광이라며 휠체어를 탄 아저씨가 지나가다가 말을 건다. 등 뒤 짐보따리 위에 앉은 앵무새가 신기해서 바라보니까 자기 손 위에 앉으라고 하더니 내 손으로 옮겨준다. 너무 예쁘고 신기해서 사진 찍어도 되냐니까 그러라고 한다. 난생처음 어쩌면 일생 한번 초록색 앵무새를 내 손가락 위에 앉혀서 사진 찍는 호사를 누렸다. 앵무새가 소리내는 것 한마디밖에 못 들었다고 했더니 주인은 싼 거 백 달러짜리를 사서 그렇다고 설명한다.

다음날은 막내도 안 가봤다는 사해에 가기로 하고 렌트카를 했다. 하루 15세켈이나 준 내비게이션이 길을 잘못 가르쳐줘서 동쪽으로 가야 하는데 남쪽으로 가고 있었다. 결국 지도를 보고 찾아가기로 했다. 팔레스타인 자치지구를 통과해야 하는데 총을 찬 젊은이들이 검문검색을 한다.

팔레스타인 사람들이 사는 동네는 관광지가 아니어서 그런지 유별나게 썰렁했다. 길거리에 행인도 별로 없고 집들은 왜 이렇게 많이 지어놨을까, 다들 어디로 갔을까 싶은 분위기였다. 너무 익히 들어 알고 있는 베들레헴으로 들어갔다. 예수님이 탄생하셨다는 곳에 세워진 탄생 교회로 가는 좁은 길에는 차가 너무 밀렸다. 가로등도 없는 시골 거리에서 만난 전자제품 엘지LG 간판이 너무 반가웠다.

화장실 좀 쓰자고 들어간 과일가게에서 만난 아랍인 부부가 자기 집에 가서 화장실 쓰라며 자기 집 이층에 한국인이 사는데 소개해주겠다고 친절을 베푼다. 거기서 11년째 목회하고 있는 침례교회 목사님 집이었다. 화장실 사용뿐만 아니라 보리차와 과일까지 챙겨주셨다.

예루살렘 외곽에서부터 늘 궁금해했던 광야가 시작되었다. 사해로 가는 길은 포장도로가 완벽했고 이정표도 많이 붙어 있었지만, 주변에 펼쳐지는 풍경은 사막이라고 하기에는 산이 많고 산이라고 하기엔 풀과 나무가 전혀 없는, 그렇지만 아름답게 느껴지는 광야를 삼사십 분 달려가야 했다. 지도상으로는 길쭉하게 생긴 사해의 윗부분으로 갔다.

해마다 물이 줄어들어서 그렇다고는 하지만 텔레비전이나 인터넷 동영상으로 보던 사해가 아니었다. 멀리서는 호수처럼 넓고 맑고 잔잔한데 가까이 가니 모래도 검고 갯벌같이 미끄럽다. 더구나 물이 석유같이 검은 색인데다 날씨까지 우중충해서 이거 정말 들어가야 하나 망설여졌다. 그래도 다시 오기 힘들 텐데 둥둥 떠받쳐지는 느낌을 맛보기 위해 옷을 입은 채 한 발자국씩 걸어들어갔다. 완전히 눕지도 않았는데 누가 들어주는 것같이 붕 뜨는 기분은 수영을 못하는 내게는 신기하기 그지없었다.

샤워 꼭지가 사방 네 군데로 달린 노천 샤워장에서 줄을 서고 간신히 씻었다. 젖은 옷을 입고 가야 하나 걱정이었는데 기념품을 파는 천막을 통과해서 나오니 탈의실이 나왔다. 갈 때는 길을 잘못 들어 세 시간도 더 걸렸는데 올 때는 텔아비브까지 한 시간 반 만에 왔다.

막내는 자기도 한번밖에 못 가봤다는 해변의 유명한 식당에 가자고 한다. 텔아비브에 와서 처음 갔던 식당에서는 밑반찬이 여덟 가지가 나왔다. 그 전날 저녁에 갔던 아들 회사 동료 부인이 일한다는 식당에서는 밑반찬이 열 가지 이상 나와서 놀랐다. 더구나 밑반찬 그릇으로 쓰는 작은 접시들이 다이아몬드 모양이어서 놀라웠고 음식을 얼마나 깔끔하게 내오는지 더욱 더 놀라웠다. 빵이 맛있어서 싸달라고 했다.

해변가 식당에서는 밑반찬을 스물세 가지나 내온다. 한정식 집에 온 것도 아니고 이렇게 많은 음식을 다 맛보는 것만으로도 벅찼다. 방금 무친 것 같은 야채도 있었지만 우리네처럼 장아찌로 담근 것들도 있다. 밑반찬들은 전부 채소로 만든 것이라고 한다. 막내가 여기 음식이 좋다고 했던 기억이 새롭다.

동료들과 식당에 가면 어떻게 지불하느냐고 물었더니 항시 각자 자기가 먹은 것을 내는데 이 친구들 계산을 끝내주게 잘한다고 했다.

"너는 45세켈, 너는 47세켈, 너는 46세켈 하는데, 너무 정확히 계산해서 머리가 아플 정도예요"라고 하며 우리를 웃긴다.

"그래서 유대인인가봐요."

시내를 다니면서 예쁜 건물이 별로 없다고 투덜대는 남편도 음식만큼은 불평이 없다. 다시 오고 싶다면 못 가본 갈릴리 호수와 메사다 때문이기도 하고 이곳 음식 때문일 거라고, 생각하며 이스라엘을 떠났다.

포틀랜드 오리건

다들 그런가?

어딜 가면 그리고 그곳이 좋았다는 생각이 들면 다시 가보고 싶어서 몸살을 한다. 포틀랜드 오리건도 그런 곳 중 하나다. 더구나 잠시 다녀왔던 것도 아니고 시조카가 시집가 사는 연고로 2002년 안식년 1년을 보낸 곳이기 때문에 정을 붙여놓았는지 늘 그곳이 궁금했다.

워싱턴주와 오리건주가 컬럼비아강을 경계로 나뉘기 때문에 이를테면, 조카가 사는 밴쿠버시는 강북이고 포틀랜드는 강남인 셈이다. 공항에서 조카 차를 타고 집으로 가는데 벌써 나무들이 많이 자랐음이 눈에 들어왔다. 가로수들의 울창함이 주택가를 더욱 풍요롭게 보이게 하는구나! 모든 것이 새삼스럽다.

다음날 아침 일찍 서둘렀다. 관광에 나서기로 한 것이다. 우선 갈 데 없으면 꼭 가보라고 하고 싶은, 그 이름도 잊어버리기 어려운 '신들의 다리'에 가기로 했다. 가는 길이 이렇게 풍성해 진 것도 세월 탓이겠지? 십여 년 전보다 나무들이 엄청 많이 자 라서 길 양옆으로 숲이 울울창창하다.

동화책에나 나올 법한 작은 댐은 물을 최대한 담고 있었는데 가뭄으로 물이 말랐던 소양강댐이 생각나서 그런지 아 이런 것 이 풍요로움이구나 싶었다. 신들의 다리를 건너자마자 왼편에 있는 식당에 들어갔다. 숯불에 구워주는 햄버거 맛도 일품이지 만 강가에 바짝 붙여 지은 식당에서 보이는 바깥 풍경은 아무 데서나 쉽게 볼 수 없는 명물이다. '신들의 다리'라는 독특한 이 름의 철교가 식당에서는 너무 아름답게 보이고 강 건너 숲이 처절하게 아름답다.

더 오래 머무르고 싶었지만 가볼 데가 많아서 서둘렀다. 신 들의 다리를 건넘으로써 우리는 오리건주에 와 있다. 컬럼비아 강 주변으로 오리건주 쪽 산에는 폭포가 많다. 다 보려면 헬리 콥터라도 타야 할 판이다.

그중에서도 가장 큰 폭포를 보기 위해 주차하는데 사람도 많 고 차도 많아서 애를 먹는다. 폭포는 562피트(160미터)라는데 69피트의 작은 폭포 앞에 다리 같은 전망대를 설치해놓고 있어 서 폭포를 더 가까이서 보고 싶어하는 사람들을 즐겁게 한다.

오른쪽에는 우리네 너와집처럼 자연산 지붕으로 유명한 1층 건물에 화장실과 기념품 가게 그리고 테이크아웃만 할 수 있는 식당이 있다. 조카는 이곳 소프트아이스크림이 맛있다면서 꼭 먹어야 한단다. 화씨 90도가 넘는 더위에 줄을 길게 서서 받은 아이스크림을 녹기 전에 빨리 먹는 것도 실력이다. 모두 고전분투하고 있다.

다음 행선지는 컬럼비아강과 주변 산들을 한눈에 볼 수 있는 비스타하우스, 이곳에 서면 한눈에 볼 수 있는 시야가 얼마나 넓은지 가슴이 뻥 뚫린다.

1918년 5월 5일에 처음 지어진 이 건물은 십여 년 전 우리가 이곳에 있는 동안에는 수리 중이어서 내부에 들어가보지 못했다. 3년 있으면 지은 지 100년이 되는 이 건물은 팔각형으로 안에서도 밖의 풍경을 전부 볼 수 있게 되어 있다. 이런 언덕 꼭대기에 이렇게 근사한 건물을 짓겠다는 아이디어를 대체 누가 냈을까? 감사한 마음이 절로 난다.

둘째 날은 조카가 빌려준 벤츠를 타고 남편과 둘이서 캐넌비치에 가기로 했다. 오래 살다보니 벤츠 타고 해변에 가는 날도 다 있네. 캐넌비치는 미국에서 가장 아름다운 10대 비치에 꼭 들어가는 곳이다.

포틀랜드 외곽으로 나가자 한동안은 넓은 평야에 누런 밀밭이 펼쳐져 있다. 간혹 야채 키우는 밭들도 있다. 30분 정도 달리니 해변으로 향하는 길인데도 숲이 울창하게 우거져 있다.

산을 향해 올라가거나 내려가기도 했지만 여전히 깊은 숲속을 달리는 길이다. 일 년에 9개월 이상 비가 오는 지역이라 나무가 잘 자라는데 이상적이라는 것을 증명하려는 것처럼 온갖 톤의 초록을 뿜어낸다.

성수기라 그런지 이곳도 주차난이다. 더구나 벤츠를 아무 데나 세울 수 있나? 덕분에 캐넌비치가 있는 관광지 마을을 샅샅이 뒤지고 다닌 꼴이 되었다. 어쩔 수 없이 좀 멀리 떨어진 공용 주차장에 차를 세우고 걷기로 했다.

해변으로 내려가니 그래도 사람들이 제법 많다. 수온이 너무 낮아 수영을 못하는 해수욕장인데도 눈으로 보고 모래에서 노는 것만으로도 충분히 재미있다는 표정들이다.

나는 꿈속에 그리던 그 해변에 다시 왔으나 딱히 할 것이 없으므로 해이스택이라는 별로 낭만적이지 않은 이름으로 불리는 섬을 향해서 걷고 또 걸었다. 삼십 분 이상 걸어도 내내 그 자리가 그 자리인 것 같은 모래 해변이다. 어떻게 이 나라는 해변까지도 이렇게 빅스케일이지?! 다시 오기는 힘들 거라는 생각을 하니 발길이 돌려지지 않지만 더 이상 정 붙이지 말자고 다짐하며 떠났다.

셋째 날은 오리건주에서는 가장 높은 후드산으로 기차 여행을 떠나는 날이다. 조카사위가 가까이 있으니 더 안 가게 되더라고 하면서 따라나선다. 네 사람이 SUV를 타고 84번 하이웨

이를 달리는데 양쪽으로 펼쳐지는 전망이 환상적이다. 더구나 왼쪽은 넓은 강을 끼고 강 건너 경치를 즐길 수 있다. 동쪽으로 달리고 있는데 계속 가면 아이다호, 와이오밍으로 가는 길이라고 한다.

한 시간 정도 걸려 후드리버라는 동네에 도착했다. 조그만 동네가 너무 아담하고 예쁘다. 길가에 서 있는 화장실이 너무 큰 집이어서 어리둥절했다. 11시에 기차가 오기를 기다려 2층 칸으로 올라탔다. 창문이 둥글게 천정까지 연결되어 있어서 전망을 한껏 즐길 수 있게 해놓은 것은 좋았는데 전망이 그리 감동적이지 않았다.

기찻길 양옆으로 숲이 우거진 탓도 있고 어떤 곳은 배밭이 넓게 대규모로 경작되고 있었기 때문이다. 어찌된 경위인지 자세히는 모르지만 2차세계대전 이후 1950년대에 이민간 일본인들이 아직도 이곳의 농장을 독점하고 있다고 한다. 한 시간 정도 체리 과수원을 지나기도 하고 소를 키우는 목장을 지나가니 반 이상이 눈에 덮인 후드산이 10분 정도 모습을 드러냈다. 다른 때보다 눈이 많이 녹아내린 것은 이곳도 온난화현상이 일어나고 있기 때문이라고 한다.

종착지인 파크데일에 왔는데 후드산은 아예 보이지도 않는다. 너무 작은 동네여서 맥도날드도 없고 동네 유일의 아이스크림 집에서 아이스크림을 사먹는 것 외에는 할 짓이 없다. 기념품 가게도 셋뿐인데 사갈 만큼 대단한 것도 없다. '미국놈들 싱겁기는' 소리가 절로 나온다.

어느새 떠나는 날 그래도 포틀랜드의 명물이라는 로즈가든을 둘러보기 위해 일찍 나섰다. 다양한 품종의 장미를 볼 수 있는 것은 신기했지만 명성이 자자한 것에 비하면 규모가 너무 작다. 미국 관광지는 대부분 우리네보다 훨씬 크다 싶은데 이곳은 그냥 우리 수준이랄까?

젠슨센터 맥주공장이 하는 BJ's 피자를 먹고 가려면 여기서도 서둘러야 한다. 역시 피자 맛은 언제 와도 소문난 만큼 맛있다. 공항으로 가는데 조카는 벌써 눈이 벌겋다. 헤어지는 슬픔이 다시 올 수 있을까 하는 아쉬움에 더해져서 나도 가슴이 아려온다.

벤츠

얼마나 분통이 터졌으면 그랬을까? 2억 원짜리 차를 망치로 저렇게 처참하게 두들겨 놓겠는가? 그냥 차 뚜껑 본넷만 두들긴 것도 아니고 유리창만 부순 정도도 아니고 차의 사방으로 네 면을 돌아가면서 잘도 팼다.

새로 산 차가 말썽을 부렸을 때 그것도 가다가 멀쩡히 발동이 꺼졌을 때 그 황당함은 이루 말할 수가 없을 정도일 것이다. 그게 3천만 원짜리 보통 차도 아니고 세기의 명차 성공의 대명사 벤츠가 아니냐 말이다.

1960년대 말 대학 시절 생각이 난다. 제주도에 벤츠를 제일 처음 들여온 사람은 일본 가서 돈 벌어 제주은행을 세우러 들어온 재일교포 김씨였다. 어머니는 어느 날 길 가다가 만난 김 회장이 태워줘서 벤츠를 타봤다고 자랑하셨다. 자랑은 자랑인데 표정이 왜 그렇지? 어릴 때 같이 자랄 때는 김 회장이 일본

가서 그렇게 거부가 되리라고는 꿈에도 생각해보지 않았다는 삐죽거림이 들어 있는 표정이었다.

그리고 얼마 뒤에 나도 길을 가다 그 차를 봤다. 그때나 지금이나 원래 차 디자인 따위엔 무감각한 나로서는 차가 어때야 근사한 것인지 예쁜 것인지 알 길이 없지만, 그 선명한 로고만은 머릿속에 또렷이 남았다.

그리고 언제부터인지 모르게 나도 어떤 사람이 성공했다고 말하려면 "벤츠 몬단다"가 후렴이 되었다.

내가 벤츠를 타본 것은 언제였지?

이십여 년 전에 사촌동생 남편 탤런트 김씨가 여의도에 신정이라는 식당을 차려 돈을 많이 벌었다. 벤츠를 샀다는 소식을 듣긴 들었지만 구경해볼 기회도 없었다. 그러다가 63빌딩에 결혼식이 있어서 만났더니 자기 집에 가서 차나 마시자고 했다. 워낙 피차 바쁜 시절이라 함께 차 한 잔할 여유도 없이 살았지만, 그날은 따라가기로 했다.

사촌동생 남편 차가 벤츠였다는 사실은 까마득히 잊어버리고 있었는데. 드디어 나도 벤츠를 탔다고 우스개까지 했다. 나는 흥분해서 그랬는지 특별히 승차감이 좋다거나 차 안이 유난히 넓다는 그런 느낌도 없었다. 처음 타본다니까 이젠 낡아서 벤츠 기분도 안 난다는 대답이 돌아왔다.

2005년 겨울 큰아들은 미국서 대학 다니며 사귀게 된 말레이

시아 페낭 출신의 중국인 4세 아가씨와 결혼을 강행했다. 결혼식 참석하러 사돈 내외와 처제가 서울에 왔다. 세 사람 모두 더운 나라에서 와서 그런지 옷차림이 엉성해서 부자라는 느낌이 전혀 없었다. 더구나 결혼식장에 사돈은 파란 와이셔츠를 입고 나오셔서 우리를 질색하게 했다. '블루컬러의 상징이야 뭐야' 하는 불평이 터져나오는 걸 겨우 참았다.

이듬해 여름 페낭 결혼식에 참석하러 간 남편은 벤츠 타고 마중 나온 사돈을 보고 깜작 놀랐다고 한다.

작은 시외삼촌은 1971년에 미국으로 이민 갔다. 2남 1녀를 다 키우고도 자칭 백만장자가 되셨다. 더구나 이민 1세대 중 자식 교육 잘 시킨 집으로 텔레비전에도 보도됐던 집안이다. 우리 막내가 미국 동부에서 대학 다니는 동안 불러다 저녁도 사주고 귀여워해 주셨다. 막내가 외삼촌할아버지라고 부르는 그 어른께서 어느 날 이젠 더 이상 운전하기 싫고 집에 다른 차도 있으니 30년 된 벤츠를 갖겠냐고 물었다고 한다. 막내는 기숙사 생활을 하고 있었고 차가 없었지만 한마디로 거절했다고 한다. 벤츠도 좋지만 30년이나 된 차는 싫다는 것이다. 그때 막내 나이 스물이었다.

지난 7월 포틀랜드에 시조카를 보러갔을 때였다.

시조카는 공항으로 마중나올 때 렉서스 SUV를 몰고 나왔다. 승차감이 정말 좋다고 칭찬을 아끼지 않았는데 집에 가니 차고에 반짝거리는 벤츠가 서 있었다. 세 시간 뒤에 퇴근한 조카사위가 또 다른 벤츠를 몰고 들어왔다.

차고에 있는 벤츠는 자기 아버지 차인데 이제는 연로하여 운전을 못하니 자기한테 물려주셨다고 한다. 그러면서 우리 보고 거기 있을 동안 쓰라고 했다.

사돈어른은 1960년대 초에 미국 이민을 강행하신 초기 이민 세대다. 치킨 데리야키 집을 하면서 자식 셋을 공부시키고 10년 전에 벤츠를 샀다고 한다. 오직 교회 가실 때만 타고 다른 데 갈 때는 다른 차를 쓰셨기 때문에 이제 겨우 3,000마일이 안 되는 새 차였다.

저녁 식사 후 호텔로 이동할 때부터 갖고 가라고 해서 남편은 오래 살다보니 벤츠 모는 날도 다 있네 싶은지 신이 났다. 막상 호텔 주차장에 주차하고 나니 백라이트를 끄는 방법을 몰라서 전화를 걸어야 했던 해프닝을 벌이기도 했다.

다음 날 우리는 둘이서 캐넌비치에 가기 위해 나섰다. 남편은 운전하면서 역시 좋은 차라고 감탄에 감탄을 거듭한다. 가만히 생각해보니 이 차를 우리가 인수해도 될 것 같았다.

서울 있는 둘째 아들한테 문자를 보냈다. 10년 된 벤츠 S370 가격을 알아보라고 했더니 30분도 채 안 걸려서 답이 왔다.

"2,300만 원에서 2,500만 원 한다는데요. 갑자기 벤츠 가격은 왜 알아보라고 하시는지요?"

프리몬트에 사는 큰아들한테도 똑같은 문자 메시지를 보냈다.

"2만 달러부터 시작인데요. 차 모델과 차의 상태에 따라 가격이 천차만별입니다."

당시 조카 내외가 사는 피셔스 랜딩에 4박 5일 있는 동안 우리는 끊임없이 고민했다. 이건 고민이 아니라 번민 수준이다. 팔라고 해야 하나 말아야 하나? 떠나기 전날 밤 조카네 집으로 차를 가져다주면서 남편이 결론을 내렸다.

안 하기로.

집에 있는 캠리도 외제 차라 수리할 때 비용이 국산 차보다 세 배로 드는데 만에 하나 고장이 나면 수리비 감당도 어렵지만 가져가는 수고로움, 중고차지만 세금도 내야하고 검사도 받아야 한다면서 말도 꺼내지 말라고 한다.

오늘 아침 한의원에 가려고 택시를 탔다. 어제 뉴스에서 본 2억짜리 벤츠 얘기를 꺼냈더니 기사가 자기도 봤다고 하면서 나보다 더 흥분한다.

"그래도 그 양반 돈 있는 사람이에요. 우리네 같으면 발로 걷어차기나 했지, 두들겨 패도 한쪽 문이나 부수지. 어떻게 그렇게까지 하겠어요. 돈 있어서 그러는 거에요."

한마디로 결론을 내려버린다.

분쟁거리

얼마 전 일이다. 구례에 사는 친구가 올라와서 점심을 먹기로 했는데 여의도 친구가 늦을지도 모르고 못 올지도 모른다고 한다. 그래서 늦어도 언제든 시작할 수 있는 뷔페에 가기로 했다. 그런데 뜻밖에 시간에 딱 맞춰 등장한 여의도 친구더러 무슨 일이 있었느냐고 물었다. 남편이 그동안 수집한 도자기 삼십여 점을 부여박물관에 기증하기로 했는데 직원들이 예상외로 아침 일찍 와줬다는 것이다.

근사한 일이다!

그렇지만 아들이 둘인데 어떻게 그런 결정을 할 수 있었냐고 하니까 오히려 담담하게 말한다. 큰며느리 쏨쏨이에 물려주면 하나씩 팔아서 쓸 것이고, 작은며느리는 중국인이라 물려주기 싫다고 한다. 이유야 어찌됐든 근사한 일이다.

지난 여름 엘에이에 갔을 때의 일이다. 작은시누이는 딸 하나 아들 하나인데 공교롭게도 사위도 의사, 아직 미혼인 아들도 의과대학을 나와 레지던트를 하고 있다.

이런저런 집안 얘기하는데 시누이는 아주 공평한 사람인 것처럼 자기는 자기들이 쓰다 남은 재산이 있으면 아들딸 구별하지 않고 똑같이 나누어주겠다고 한다. 그래서 나는 단도직입적으로 말했다.

"딸한테 왜 줘요?" 그 조카가 알면 나를 안 보겠다고 할 얘기인지 몰라도 나의 반응은 그랬다. 사위는 시카고에서 여행사를 해서 돈을 많이 번 집 아들이다. 아들더러 의사 치우고 여행사를 물려받으라고 했다는데 분명 의사 수입보다 여행사 수입이 더 낮기 때문이 아니었을까 싶다.

응급실 전문의인 아들은 "힘들게 공부한 것이 아까워서 그렇게 못 합니다"라고 했다 한다. 결혼할 때 이미 둘이 살 집을 사줬다고 하니 우선 매달 내는 모기지 없다는 게 미국에서는 흔치 않은 일이다.

그런데 시누 아들은 의과대학도 상당 부분 대여장학금으로 공부했고 집을 산다고 해도 시누이가 도와줄 형편이 못 된다. 그러니 집도, 차도 자기 힘으로 마련해야 하고 결혼도 해야 하고 대여장학금도 갚아야 한다. 더구나 마취과 전공이어서 수술하는 외과의처럼 돈을 많이 벌지도 못한다. 이럴 때 공평하다는 것이 정말 잘하는 일일까?

남편은 오래 전부터 아이들한테는 아무것도 물려주지 않겠다고 하면서 사회환원을 부르짖는다. 우리 집 내막을 훤히 알고 있는 여의도 친구한테 남편이 하는 얘기를 전했더니 "야, 사회환원은 너희보다 열 배는 있어야 언급하는 거야"라고 점잖게 코멘트했다.

얼마 후에 또 같은 얘기를 했더니 "돈이 좀 있나보네. 있으면 좀 보여달라고 해봐", 웃지 않을 수 없었다. 너무 좋은 아이디어라고 생각하고 집에 와서 남편한테 당당하게 말했다. 사회에 환원할 돈이 있으면 좀 보여달라고. 남편은 자기가 돈이 있어서 하는 얘기가 아니고 자기가 쓰다 남은 것이 있으면 사회환원하겠다는 얘기라고 고쳐 말했다.

어느 부모든 안 그러랴마는 나도 아들 셋이 다 돈을 잘 벌어서 집 한 채밖에 없는 부모 재산 따위는 관심이 없는 정도가 되었으면 좋겠다.

"우리 부모는 평생 돈을 벌어본 사람들이 아니니까" 하는 수준이 되었으면 좋겠다. 그렇지만 아직 그 정도는 아니다.

남편한테 여의도 친구네가 도자기를 박물관에 기증했다고 얘기하니까, 또 그 사회환원 얘기를 꺼낸다. 이번에는 내가 단호하게 대답했다.

"난 그렇게 못 합니다." 내가 먼저 죽으면 죽이 되던, 밥이 되던 남아 있는 사람들 몫이니까 알아서들 하지만 내가 살아 있는 동안에는 그렇게 못한다고 했다. 내 아들이 월세 전세 사는데, 사회환원 절대 못한다고 했다.

그러면, "손주들 교육비는?" 하고 남편이 묻는다. 평생 돈 많이 써본 것이 막내를 미국 사립대학에 보낸 것이 전부인 사람답게 묻는다. 그건 아들네 몫이지 내가 왜 그 걱정을 해야 하느냐고 대답했다.

"그러면 형제들은?" 필요하다면 도와줘야 한다는 것이 내 생각이다. 그것이 정의인지 아닌지는 잘 모르겠지만 나는 그렇게 살아왔다. 우선 도와달라는데 못 본 척하면 맘이 편치 않기 때문이다. 말은 안 하지만 사실 공평하게 주는 것도 반대다. 우선 공평하게 준다는 것이 절대 쉽지 않은 일이다.

모든 재능이 그렇듯이 재테크에도 재능이 있는 사람이 있고 없는 사람이 있다. 재테크에 재능이 있는 사람은 사실 재능을 물려받은 것 그 자체만으로도 부모한테서 충분히 받은 것이라는 생각이다.

시누이 딸도 그런 사람이다. 대학 때 이미 알바를 해서 돈을 많이 모았다고 한다. 시누 남편이 미시간에서 사설 우체국을 하다가 접었을 때도 딸한테 돈을 빌려 쓸 정도였다. 재테크에 재능이 있는 사람들은 무일푼에서 출발해도 부자가 되는 사람들이다. 하물며 집을 가지고 출발하는 데 있어서야! 그런데 왜 거기다 더 줘야 하는가?

한금희 수필집

못 말리는 유전자

지은이_ 한금희
펴낸이_ 조현석
펴낸곳_ 북인
디자인_ 푸른영토

1판 1쇄_ 2026년 03월 27일

출판등록번호_ 313 - 2004 - 000111
주소_ 서울 마포구 동교로19길 21, 501호
전화_ 02 - 323 - 7767
팩스_ 02 - 323 - 7845

ISBN 979-11-6512-522-6   03810
ⓒ한금희, 2026